POMPIER GRINCHEUX

Une romance dans la petite ville de Love Springs

GINGER HUDSON

Traduction par
CLAIR BEAUFORT

Cherrylily

TABLE DES MATIÈRES

À PROPOS DU LIVRE

À PROPOS DU LIVRE

Violet Clarke est prête à conquérir le monde, une fraise à la fois, après avoir hérité de la vieille ferme de son grand-père.

C'est le plan, du moins...

Mais quand le pompier, William Baxter, se présente pour une inspection de sécurité de routine, il l'informe sans équivoque que son projet de conquête du monde à thème framboise est arrêté jusqu'à ce qu'elle répare le hangar de stockage de la ferme aux baies.

Oui, elle comprend que c'est une catastrophe d'incendie en attente.

Non, elle n'a pas d'argent pour les réparations, Will.

Alors quand le rude et séduisant pompier revient, lui offrant son aide la plus grincheuse pour restaurer le hangar, eh bien...

Elle ne peut pas vraiment le refuser, n'est-ce pas ? De plus, peut-être que du soleil et des fraises lui enlèveront son humeur grincheuse.

À aucun moment, Violet n'avait l'intention de tomber amoureuse du pompier grincheux et sexy avec un passé tragique, mais plus ils travaillent ensemble, plus elle découvre qu'il y a tellement plus en William qu'elle ne le pensait au début.

Maintenant, si seulement elle pouvait le convaincre qu'il est parfaitement sûr de laisser les étincelles de la passion allumer quelque chose dans son cœur endurci et verrouillé...

CHAPITRE UN

*L*es rayons de soleil coloraient le ciel de teintes dorées et roses lorsque Violet Clarke se tenait au milieu de la ferme de baies de son défunt grand-père, contemplant les interminables rangées de buissons de framboises, mûres, fraises et myrtilles. Le doux parfum des fruits mûrs emplissait l'air, lui rappelant l'héritage qui pesait désormais sur ses épaules. Elle ajusta sa queue de cheval, quelques mèches de ses cheveux bruns ondulés s'échappant de l'attache, et prit une profonde inspiration pour se ressaisir.

— Très bien, Papi Tom, murmura Violet pour elle-même, ses yeux noisette brillant de détermination. Je vais te rendre fier, même si je n'ai aucune idée de ce que je fais.

Alors qu'elle déambulait entre les rangées de buissons, étudiant les plants et leurs différents fruits charnus et juteux, elle ne pouvait s'empêcher de se sentir accablée par l'immensité de sa tâche. Violet avait toujours été passionnée par la ferme de son grand-père, mais son expérience se limitait à l'aider à cueillir des baies pendant ses visites estivales. Désormais, elle était responsable d'assurer son succès.

— D'accord, je dois donc tout apprendre sur la culture des baies, se dit-elle à voix haute, à peine audible par-dessus le bruissement des feuilles. Ça ne peut pas être si difficile, non ?

Soudain, elle entendit des pas qui s'approchaient et, lorsqu'elle se retourna, elle vit Madame Thompson, la vieille amie et voisine de son grand-père, descendre le chemin de terre dans sa direction.

— Bonjour, Violet ! lança-t-elle d'une voix chaleureuse et amicale. Je suis passée voir comment tu t'installais.

— Bonjour, Madame Thompson, répondit-elle avec un sourire reconnaissant. J'essaie simplement de déterminer mes premières étapes. Il y a tellement de choses que j'ignore, mais je veux vraiment que ça fonctionne.

— Appelle-moi Brenda, ma chérie, dit Madame Thompson. Et avec une lueur de tristesse dans les yeux, elle ajouta : Ton Grand-père Tom serait fier de t'entendre dire ça. Il aimait cette ferme plus que tout.

— C'est pourquoi je ne peux pas la laisser échouer, insista Violet d'une voix résolue. J'apprendrai tout ce que je dois savoir et je ferai de cette ferme la meilleure ferme de baies de Love Springs.

Brenda ricana, visiblement amusée par son enthousiasme. — Eh bien, tu as l'esprit pour ça, c'est certain. Mais faire tourner une ferme est un travail acharné, Violet. Ce n'est pas que soleil et baies bien mûres.

— Je sais ça, dit-elle, les yeux légèrement plissés, essayant de maintenir sa détermination. Mais le travail acharné ne me fait pas peur. Si ton Grand-père Tom m'a appris une chose, c'est que rien de ce qui vaut la peine n'est facile.

— Très vrai, approuva Brenda en hochant la tête d'un air pensif. Eh bien, si tu es sérieuse à ce sujet, je te suggère de commencer par connaître les autres fermiers de la ville. Ils seront ta meilleure source pour apprendre les ficelles du métier.

— Merci, Brenda, dit Violet, le visage rayonnant. C'est une excellente idée !

— Bien, répondit-elle en tapotant doucement l'épaule de Violet avant de s'en aller. Tu as beaucoup de travail devant toi, mais je crois que tu peux y arriver, tout comme ton grand-père l'a fait.

Alors que Brenda s'éloignait, Violet

ressentit une nouvelle vague de détermination l'envahir. Elle savait qu'elle avait beaucoup à apprendre et de nombreux défis à relever, mais elle était déterminée à honorer la mémoire de son grand-père en faisant de sa chère ferme de baies le succès qu'il avait toujours cru possible.

CHAPITRE DEUX

*L*e soleil venait à peine de se lever sur la charmante ville de Love Springs quand William Baxter se tenait au bord du parking de la caserne de pompiers, le regard fixé sur une rangée de camions de pompiers rutilants. La première lueur du jour scintillait sur leurs surfaces immaculées et polies, projetant de longues ombres sur le béton.

— Alignez-vous, tout le monde ! aboya Will, sa voix profonde résonnant dans le parking.

Il était l'incarnation de la discipline, sa

carrure musclée vêtue d'un impeccable uniforme de pompier, ses cheveux bruns coupés courts. Les pompiers sous ses ordres se mirent au garde-à-vous, formant une ligne droite devant lui, tels des soldats bien entraînés.

Personne n'aurait pu deviner que derrière ses yeux bruns enfoncés se cachait un passé hanté, un tragique incident d'incendie qui le tourmentait sans relâche. C'était un fardeau qu'il portait chaque jour, celui qui alimentait son approche stricte du travail.

— Vérification de l'équipement, ordonna Will, parcourant la ligne d'un pas vif tout en inspectant l'équipement de chaque pompier.

D'un œil exercé, il s'assurait que les casques étaient bien attachés, que les vestes étaient correctement boutonnées et que les appareils respiratoires fonctionnaient correctement.

— Jones, resserre cette sangle, lança-t-il

sèchement, désignant un pompier dont le casque était légèrement de travers.

L'homme obéit rapidement, le visage rougi sous le regard sévère de Will. Tout en poursuivant son inspection, Will nota mentalement les améliorations nécessaires, déterminé à ne pas laisser l'histoire se répéter.

— L'heure de l'exercice, équipe, annonça-t-il une fois les vérifications terminées. Il conduisit son équipe vers la tour d'entraînement, une structure haute conçue pour ressembler à un immeuble en flammes. — Sauvetage de victime, deux minutes, allez-y !

Les pompiers se mirent en action, escaladant des échelles et naviguant dans les pièces censées être enfumées avec une vitesse et une précision impressionnantes. Will observait attentivement depuis le bas, le cœur battant dans sa poitrine tandis que les souvenirs de cette nuit fatidique menaçaient de refaire surface. Il repoussa ces images, se concentrant plutôt sur la tâche à accomplir.

— Allez, les gars ! Le temps file ! cria-t-il, exhortant son équipe à accélérer le rythme.

Les pompiers émergèrent de la tour un par un, chacun portant un mannequin grandeur nature représentant une victime à secourir. Alors qu'ils touchaient le sol, Will vérifia leurs temps et leur accorda un rare signe d'approbation.

— Bon travail aujourd'hui, mais on peut toujours faire mieux, leur dit-il. Rompez les rangs.

Tandis que l'équipe se dispersait, Will s'accorda un bref moment de réflexion. Il savait que l'extérieur discipliné et inflexible qu'il présentait au monde n'était qu'un masque, cachant la culpabilité et la douleur qui bouillonnaient en lui.

Mais pour l'instant, c'était un masque dont il avait besoin. Pour le bien de Love Springs, et pour ceux qui comptaient sur lui pour les protéger.

CHAPITRE TROIS

Le soleil venait à peine de se lever, jetant une douce lueur rose sur les champs ondulants de la ferme de baies en difficulté de Violet. Tandis qu'elle se tenait au milieu des rangées de framboises et de myrtilles, ses yeux pétillaient de détermination. Elle repoussa une mèche de cheveux ondulés derrière son oreille et soupira, sachant que cette journée ne serait pas une journée ordinaire.

C'était aujourd'hui qu'elle avait prévu que les pompiers locaux viennent inspecter sa propriété pour la sécurité incendie. Elle devait réussir l'inspection, sinon elle perdrait sa certification agricole locale, ce qui signifierait qu'elle ne pourrait plus vendre ni cultiver quoi que ce soit à des fins commerciales.

Son grand-père avait toujours réussi à le faire, mais depuis son décès, la ferme de baies avait été temporairement désertée jusqu'à ce qu'elle puisse enfin finaliser les papiers de succession et de planification successorale qu'il avait laissés.

— Bon, tout le monde. C'est l'heure de l'inspection, aboya William en s'avançant sur la propriété, un presse-papiers à la main.

Ses yeux sombres balayèrent les environs, prenant note de chaque détail avec une précision sévère. Inspecteur de sécurité incendie de métier, William prenait son travail très au sérieux — peut-être même trop au sérieux.

— Bonjour. Monsieur Baxter, c'est bien

ça ? dit Violet, saluant timidement le pompier en lui tendant la main.

Le contraste entre sa petite main maculée de terre et sa poigne calleuse et musclée était frappant.

— Commençons, voulez-vous ? dit-il sans se soucier des civilités au-delà de cette poignée de main.

— Bien sûr.

Violet le guida à travers la ferme, lui montrant les différents bâtiments et installations. Tandis qu'ils marchaient, elle ne put s'empêcher d'admirer sa mâchoire carrée et la façon dont son uniforme épousait ses larges épaules. Mais elle chassa rapidement ces pensées, se rappelant la tâche à accomplir.

— Oh oh, marmonna William en approchant de l'ancien hangar d'entreposage. Sa peinture s'écaillait, le toit s'affaissait et la porte pendait de travers sur ses gonds. — Ça sent les ennuis.

— Des ennuis ? Que voulez-vous dire ?

demanda Violet, le cœur serré en notant l'inquiétude gravée sur son visage.

— Le hangar est déjà suffisamment problématique, mais regardez ces câbles effilochés qui en sortent, dit-il en pointant du doigt les fils électriques qui serpentaient sur le sol humide. — Et ce tas de feuilles mortes et de copeaux de bois dans le coin... C'est une véritable invitation à l'incendie...

— C'est vraiment si grave ? demanda Violet, s'efforçant de ne pas laisser transparaître sa panique.

Elle savait que le hangar était vieux et avait besoin de réparations, mais elle n'avait jamais imaginé qu'il puisse représenter un tel danger.

— Malheureusement, oui, lui dit William en fronçant les sourcils, ses yeux bruns trahissant une once de sympathie malgré son extérieur rude.

C'était bien la dernière chose que Violet voulait entendre aujourd'hui...

CHAPITRE QUATRE

— Mademoiselle Clarke, je ne peux pas approuver cette inspection tant que vous n'aurez pas réparé le hangar, affirma William d'un ton ferme, son regard ne cillant pas. C'est une violation grave du code de sécurité incendie 1205.8.

— Le code 1205.8 ? répéta Violet, ses mains se tordant d'anxiété. Elle n'avait pas anticipé un tel contretemps.

— Les zones de stockage ne doivent comporter aucune source potentielle d'ignition, précisa-t-il, en énumérant les problèmes sur ses doigts. Cela implique une bonne installation électrique, l'absence de matériaux inflammables et un espace intérieur propre. Vous ne remplissez aucune de ces conditions.

— Monsieur Baxter, je comprends votre inquiétude, mais je n'ai tout simplement pas les moyens de le réparer pour le moment, répondit Violet d'une voix tremblante. La ferme peine à joindre les deux bouts. Je viens d'hériter de mon grand-père et il y a tellement de travaux à effectuer.

— Alors, vous devrez trouver un moyen, rétorqua William en croisant les bras sur son torse musclé.

Violet ne put s'empêcher de remarquer la façon dont ses biceps se contractaient sous son uniforme. Concentre-toi, se réprimanda-t-elle.

— Ne pourriez-vous pas me laisser un peu plus de temps ? Un avertissement, peut-être ? implora-t-elle en scrutant ses yeux bruns profondément enfoncés à la recherche du moindre signe de clémence.

— Désolé, Mademoiselle Clarke. La sécurité est absolument non négociable, répondit-il d'une voix résolue, bien que ses yeux trahissaient une once de regret.

Violet sentit ses joues s'empourprer de frustration. Elle réprima l'envie de déverser sa colère sur lui, se rappelant qu'il ne faisait que son travail. À la place, elle passa ses doigts dans ses longs cheveux ondulés, cherchant une solution.

— Très bien, admettons que j'arrive à rassembler des fonds, lança-t-elle en forçant un sourire. Combien de temps me donneriez-vous pour effectuer les réparations ?

William hésita un moment avant de répondre. — Deux semaines. C'est le mieux que je puisse faire.

— Deux semaines ! s'exclama Violet, les yeux écarquillés d'incrédulité. Je ne sais même pas par où commencer !

— Commencez par faire remplacer le

câblage électrique par un électricien, dit-il d'une voix un peu plus douce. Et débarrassez-vous des débris. Cela devrait faire une différence significative.

— Très bien. Deux semaines, soit, acquiesça Violet.

Elle tenta de paraître confiante, mais son estomac se nouait à l'idée de trouver l'argent et d'accomplir les réparations en si peu de temps.

— Bonne chance, Mademoiselle Clarke, lança William tandis qu'il s'éloignait, ses bottes crissant sur le chemin de gravier. Je reviendrai vérifier vos progrès.

— Merci, Monsieur Baxter, marmonna-t-elle en regardant sa silhouette aux larges épaules disparaître au coin de la ferme.

Après une profonde inspiration, elle redressa les épaules et serra la mâchoire, déterminée à sauver la ferme de son grand-père – quoi qu'il en coûte.

Ce qu'elle ignorait, c'est que l'homme

qui venait de lui poser cet ultimatum allait bientôt devenir un allié inattendu – et peut-être même davantage au fil du chemin ?

CHAPITRE CINQ

William grimpa dans son camion, la tension de sa rencontre avec Violet persistant dans son esprit. Il savait qu'il devait être strict en ce qui concerne la sécurité incendie, mais tandis qu'il tournait la clé dans le contact, les souvenirs d'avoir aidé le grand-père de Violet dans cette ferme même lui revinrent.

Il pouvait encore entendre le rire tonitruant du vieux Tom Clarke pendant qu'ils travaillaient côte à côte, réparant les clôtures et s'occupant des buissons de baies. William n'était alors qu'un adolescent, désireux de faire ses preuves. Tom l'avait pris sous son aile, lui enseignant la valeur du travail acharné et du dévouement. Et voilà qu'aujourd'hui, il menaçait les moyens de subsistance de sa petite-fille.

— Merde, marmonna-t-il entre ses dents, incapable de se défaire de la culpabilité qui le rongeait.

Il ne pouvait pas rester les bras croisés pendant que Violet luttait pour garder la ferme à flot. Ce n'est pas ce que Tom aurait voulu.

D'un hochement de tête décidé, William coupa le moteur et sortit de son camion, se dirigeant d'un pas résolu vers Violet qui se tenait près de la remise, les épaules affaissées dans la défaite.

— Mademoiselle Clarke, l'appela-t-il, la faisant légèrement sursauter.

— Monsieur Baxter ? dit-elle avec hésitation, le front plissé dans la confusion. Quelque chose ne va pas ?

— Écoutez, commença-t-il, essayant de garder l'émotion hors de sa voix. Je ne peux pas vous laisser affronter seule ce désordre. Votre grand-père... il représentait beaucoup pour moi, et je lui dois de vous aider à remettre cet endroit en état.

Violet cligna des yeux, visiblement déconcertée par son brusque revirement. — Vous... feriez vraiment cela ?

— Oui, dit-il en se frottant la nuque. C'est la moindre des choses que je puisse faire.

— Merci, murmura-t-elle, les yeux brillants de gratitude.

— Très bien, passons donc à votre première priorité, dit William en frappant dans ses mains. Tout d'abord, nous avons besoin de contreplaqué, de clous, d'un marteau et d'une scie électrique. Nous aurons aussi besoin d'une échelle et de peinture de bonne qualité pour protéger le bois des intempéries. Si vous ne pouvez pas vous permettre le tout pour l'instant, je demanderai à Monsieur Johnson, au magasin de quincaillerie, de vous ouvrir un compte.

— D'accord, dit Violet en griffonnant la liste sur un bout de papier. Quel est le plan ?

— Au cours des deux prochaines semaines, nous travaillerons ensemble pour remplacer les murs pourris, déblayer les débris et installer un nouveau câblage. Nous commencerons tôt chaque matin et travaillerons jusqu'à la tombée de la nuit.

— Deux semaines, cependant ? demanda Violet d'une voix vacillante. Est-ce même possible ?

— Faites-moi confiance, dit William en lui offrant un rare sourire chaleureux. Nous remettrons cet endroit aux normes en un rien de temps. Entre-temps, s'il vous plaît, appelez-moi Will, ou William si vous préférez.

— Pas Monsieur Baxter ? demanda-t-elle d'un ton taquin.

— Non, dit-il d'un air bourru, levant les yeux au ciel.

— Très bien, dit-elle en lui souriant. Alors, s'il vous plaît, appelez-moi Violet.

William hocha la tête et Violet lui rendit son hochement. Pour une raison quelconque, il pensait que c'était le début de quelque chose, mais si quelqu'un le lui avait demandé, il n'aurait pas su dire avec certitude de quoi il s'agissait.

CHAPITRE SIX

*L*e cœur de Violet se gonfla de gratitude le lendemain matin lorsque William se présenta, ses yeux brillants de larmes non versées.

— Je ne pourrai jamais assez vous remercier de m'aider avec tout ça, dit-elle d'une voix à peine audible.

William haussa les épaules, essayant de garder son calme, mais la légère rougeur qui montait dans son cou le trahissait. — Ce n'est vraiment rien. Comme je l'ai dit, c'est la moindre des choses.

— Quand même, insista Violet en s'avançant pour serrer brièvement sa main. Vous sauvez ma ferme – et l'héritage de mon grand-père.

La chaleur de son contact envoya une décharge dans le corps de William, et il ne put s'empêcher de sourire devant sa sincérité.

— Bon, mettons-nous au travail alors, dit-il, impatient de se concentrer sur la tâche à accomplir.

Ils passèrent les heures suivantes à travailler côte à côte, triant les panneaux de contreplaqué, enlevant les vieux clous et débarrassant l'abri du désordre qui s'y était accumulé au fil des années.

— Fais attention à tes doigts ! cria Violet alors qu'ils manœuvraient une pièce de bois particulièrement récalcitrante dans le tas de déchets.

William rit de son inquiétude, mais il ne pouvait nier que sa présence rendait le travail plus agréable – même s'ils commençaient à se chamailler comme un vieux couple marié.

— Hé, je fais ça depuis des années, le taquina-t-il en souriant, brandissant habilement son marteau. Fais-moi confiance, je sais ce que je fais.

— Bien sûr que vous le savez, Monsieur l'Inspecteur de la Sécurité Incendie, répliqua Violet d'un air moqueur en levant les yeux au ciel d'un air espiègle.

Malgré leurs chamailleries, une attirance palpable régnait entre eux, une attirance qui ne fit que s'intensifier à mesure que Will s'efforçait de la nier.

Au fil de leur travail commun, leurs différences devinrent de plus en plus évidentes : le strict respect du protocole de William allait souvent à l'encontre de l'approche plus désinvolte de Violet pour résoudre les problèmes. Pourtant, d'une manière ou d'une autre, leurs personnalités opposées semblaient se compléter ce premier jour, les poussant à trouver un équilibre qu'aucun d'eux n'avait jamais connu auparavant.

— D'accord, nous devons enlever cette poutre, ordonna William d'une voix ferme en désignant le large support en bois. Ne t'inquiète pas, elle n'est pas cruciale pour l'intégrité structurelle de l'abri.

— Compris, répondit Violet en s'essuyant le front en sueur avant de ramasser une poignée de clous qu'ils avaient déjà enlevés et de les mettre soigneusement de côté.

Ils travaillèrent ensemble, leurs muscles tendus et leurs souffles courts, mais tous deux refusèrent d'abandonner.

— Encore un peu... ! dit Violet avec excitation tandis qu'ils transportaient la lourde poutre à l'extérieur.

Lorsqu'ils la posèrent au sol, leurs regards se croisèrent, tous deux rougis et en sueur de leurs efforts, et pendant un instant, le temps sembla s'arrêter.

— Violet, murmura William, ses yeux

bruns s'assombrissant d'une émotion qui accéléra les battements de son cœur.

— Will... chuchota-t-elle en retour, incapable de détourner son regard du sien.

Mais au moment où leurs visages commencèrent à se rapprocher, un fracas assourdissant retentit dans l'abri. Ils sursautèrent, surpris par cette brusque interruption.

— On dirait qu'il nous reste encore du travail, dit William d'une voix rauque en contemplant la pile d'outils renversée.

— C'est vrai, acquiesça Violet, les joues aussi rouges d'embarras que d'effort. Finissons ce que nous avons commencé, voulez-vous ?

CHAPITRE SEPT

Le lendemain, Violet observa William marcher vers elle, sa silhouette musclée facilement visible à travers l'ajustement serré de son uniforme décontracté de pompier. Son cœur battait la chamade et elle sentait la chaleur lui monter aux joues. Elle savait qu'elle avait besoin d'aide pour réparer le hangar de stockage sur la ferme de baies de son défunt grand-père, mais elle ne s'attendait pas à ce que le pompier le plus discipliné de la ville se porte volontaire pour ce travail.

— Merci d'être encore venu, Will, dit-elle en repoussant une mèche de ses cheveux bruns ondulés derrière son oreille.

— Bien sûr, répondit-il d'une voix rauque, ses yeux bruns profondément enfoncés inspectant la structure délabrée. On ne peut pas laisser cet endroit représenter un risque d'incendie.

— C'est vrai, acquiesça Violet, essayant d'ignorer les papillons dans son ventre tandis qu'ils se tenaient ensemble sous le soleil de fin d'après-midi.

Elle sentait qu'il y avait plus chez cet homme qu'elle ne l'avait supposé au début. Derrière ses traits séduisants et ciselés et son air d'autorité, se cachait une vulnérabilité qui la poussait à vouloir se rapprocher de lui.

— Mettons-nous au travail alors, lança Will en attrapant un marteau dans sa boîte à outils et lui faisant signe de le suivre dans le hangar.

Tandis qu'ils travaillaient côte à côte, la

chimie entre eux était palpable. Le bras de Will frôlait le sien quand ils attrapaient des outils, provoquant des frissons dans son dos. Cependant, malgré cette tension, Will restait concentré et professionnel, ne se laissant jamais aller à s'engager totalement avec elle.

— Passe-moi cette clé, s'il te plaît, ordonna-t-il d'une voix posée et contrôlée.

— Bien sûr, répondit Violet, frissonnant au contact de ses doigts contre les siens lorsqu'il prit l'outil.

Elle essaya de capter son regard, mais il gardait les yeux rivés sur sa tâche, refusant de la regarder.

— Quelque chose ne va pas ? demanda-t-elle, incapable de résister à l'envie de le pousser un peu.

— Non, grogna-t-il en serrant un boulon avec une précision experte. Je dois… je dois me concentrer sur mon travail.

— D'accord, dit doucement Violet, une pointe de déception dans la voix.

Elle savait qu'il se retenait, mais elle ne comprenait pas vraiment pourquoi.

Le traumatisme passé de Will pesait lourdement sur lui tandis qu'il travaillait aux côtés de Violet dans le hangar faiblement éclairé. Il ne pouvait s'empêcher d'être attiré par sa chaleur et son dynamisme, mais le souvenir de ceux qu'il n'avait pas pu sauver par le passé rendait difficile pour lui de laisser quiconque s'approcher trop près.

— Violet, dit-il finalement en faisant une pause dans son travail et en la regardant avec sincérité. Je… je veux que tu saches que ta ferme et ta sécurité me tiennent à cœur. Mais je ne suis pas… je ne peux pas…

— Tu ne peux pas quoi ? demanda-t-elle doucement, ses yeux noisette scrutant son visage à la recherche de réponses.

— Rien, dit-il en s'arrêtant avant d'avoir commencé. N'y prête pas attention. Ce n'est pas important.

— Will, insista Violet en tendant la main pour toucher son bras.

Il tressaillit avant même qu'elle ne le touche, la surprenant.

— J'ai presque fini ici, lâcha-t-il en expirant bruyamment, s'éloignant d'elle. Ça ne sera plus long.

CHAPITRE HUIT

— **V**ous ai-je déjà raconté l'histoire de la fois où William a sauvé une portée de chatons d'un arbre ? demanda Brenda en s'asseyant à la table de la cuisine de Violet, ses yeux verts pétillants de malice.

Will n'avait pas pu venir aider Violet avec le hangar de rangement aujourd'hui. Il était passé plus tôt dans la matinée pour la prévenir. Sa voisine, Brenda, l'avait trouvée assise tristement sur le porche de la ferme à ne rien faire, et lui avait alors proposé de lui tenir compagnie.

D'une manière ou d'une autre, la conversation s'était immédiatement tournée vers William Baxter, le pompier le plus grincheux de Love Springs.

Violet ne put s'empêcher de rire. — Non, tu ne me l'as pas racontée. On dirait une histoire tout droit sortie d'un livre pour enfants.

— Eh bien, c'est pourtant la vérité, insista Brenda en se penchant d'un air de connivence. — Tu vois, il y a ce vieux chêne près du bord de la ville, et un jour, une maman chatte a décidé que ce serait l'endroit parfait pour mettre bas ses petits. Malheureusement, elle n'a pas réfléchi au fait que ce serait très difficile pour ses minuscules chatons de descendre de l'arbre.

— Oh, les pauvres chéris, roucoula Violet, son cœur fondant déjà à l'image des chatons sans défense, coincés dans l'arbre.

— William passait par là quand il les a vus, continua Brenda. — Il n'a pas hésité une seconde avant d'aller prendre une échelle à l'arrière de son camion et de grimper pour les secourir un par un. Ça lui a pris la meilleure partie d'une heure, mais il s'est assuré qu'ils étaient tous sains et saufs.

— Wow, c'est vraiment gentil de sa part, dit Violet, touchée par l'histoire.

Elle savait que William avait un extérieur bourru et grincheux, mais cette anecdote réchauffait son cœur en montrant sa bonté envers les animaux.

— Oh, ce n'est que la partie émergée de l'iceberg, ma chérie, l'assura Brenda en sirotant son thé. — William a toujours été très dévoué à notre petite ville. En plus d'être pompier, il aide à organiser des événements communautaires comme la Fête des Moissons annuelle et l'illumination du sapin de Noël.

— Vraiment ? s'étonna Violet. — Je ne savais pas qu'il était si impliqué dans la communauté.

Elle n'avait pas encore vu ce côté de

William, et cela l'intriguait plus qu'elle ne voulait l'admettre.

— Mmm, mmm, il est un véritable pilier de la communauté, acquiesça Brenda d'un air fier. — Et il aide toujours les résidents âgés du coin, aussi. La semaine dernière, il a passé sa journée de congé à réparer le toit qui fuyait de Madame Cooper.

— Wow, dit Violet en s'efforçant de ne pas trop s'extasier.

Il devenait de plus en plus évident à ses yeux que sous son apparence revêche, il y avait un homme attentionné et dévoué. Elle aurait juste aimé pouvoir voir davantage ce côté de lui.

— Écoute, ma chérie, reprit Brenda d'un ton doux en posant sa main sur le bras de Violet. — Je sais que William peut être difficile à cerner parfois, mais c'est vraiment un homme bon. Il a juste traversé quelques périodes difficiles dans sa vie qui l'ont rendu méfiant envers les autres.

Violet hocha la tête, prenant à cœur les paroles de Brenda. Elle commençait à voir que William n'était pas juste un énigme grincheuse et renfermée – il y avait tellement plus à découvrir chez lui que ce qui paraissait au premier abord. Et elle voulait découvrir chacune de ses facettes, même si cela prendrait du temps et de la patience.

— Merci encore, Brenda, dit-elle avec gratitude. — Tu es vraiment un trésor.

— Je suis là quand tu veux, ma chérie, répondit Brenda en lui souriant chaleureusement avant de finir son thé et de se lever. — Maintenant, je devrais y aller. Mais n'oublie pas, si tu as besoin d'une oreille attentive, d'une amie – ou d'autres histoires sur William – je serai toujours là pour toi.

— Je l'apprécie vraiment, dit Violet en la serrant une fois de plus dans ses bras.

CHAPITRE NEUF

Le soleil tapait sur le vieux hangar de stockage, projetant des ombres enjouées sur son extérieur en bois usé. Violet se tenait devant, les mains sur les hanches, impatiente d'entreprendre les réparations avec l'aide de Will. Elle lui jeta un coup d'œil, remarquant comment ses bras musclés se tendaient tandis qu'il portait une boîte à outils et une échelle, son visage dur de détermination.

— Prête à commencer ? demanda Will en posant les outils.

— Absolument, répondit Violet avec un sourire, les yeux brillants d'excitation. Je ne peux pas attendre que cet endroit soit flambant neuf.

Tandis qu'ils se mettaient au travail, Will s'est révélé un excellent professeur, guidant patiemment Violet à travers chaque étape du processus de réparation. Bien que son passé pesait lourdement sur lui, il y avait quelque chose dans l'enthousiasme optimiste de Violet qui semblait alléger son fardeau, ne serait-ce que pour un instant.

— Passe-moi ce marteau, s'il te plaît, dit Will en tendant la main.

— Le voilà, répondit Violet.

En lui donnant l'outil, leurs doigts s'effleurèrent, envoyant une décharge électrique le long de son bras. Leurs regards se croisèrent et elle put discerner une lueur de vulnérabilité dans ses yeux bruns profonds. Il était clair qu'il menait un combat intérieur, mais elle était déterminée à lui prouver sa valeur.

— Merci, grogna-t-il, retournant rapidement à la tâche.

Violet admira la précision de ses mouvements, la façon dont ses doigts manœuvraient habilement les clous en les enfonçant avec une aisance consommée.

— Ouah, tu es vraiment doué pour ça, dit-elle, appréciant son artisanat.

— Des années à réparer des choses à la caserne, répondit-il en haussant les épaules, un léger sourire aux coins de ses lèvres. Mais tu t'en sors très bien aussi, Violet. Tu es une rapide apprenante.

— Merci, dit-elle en rougissant sous ses compliments, ressentant une chaleur dans sa poitrine qui n'avait rien à voir avec le soleil au-dessus. Je suis juste heureuse de t'avoir pour m'aider.

Tandis qu'ils continuaient à travailler, leurs taquineries mutuelles se firent plus fréquentes, chaque remarque badine ou rire partagé renforçant les liens entre eux. Malgré l'hésitation initiale de Will à l'aider, il était clair que leur respect mutuel s'épanouissait en quelque chose de plus profond.

— Bon, dit Will en reculant pour admirer leur travail. Encore quelques clous et nous aurons terminé pour aujourd'hui.

— Déjà ? demanda Violet, feignant la déception mais secrètement ravie de leurs progrès. Eh bien, je suppose que toutes les bonnes choses ont une fin.

— Qui a dit que c'était la fin ? questionna Will d'une voix chaude et basse. Il reste encore beaucoup de travail sur le hangar avant qu'il ne soit aux normes. Je peux rester une fois que nous aurons fini et t'expliquer quelques autres choses. Peut-être autour d'un café ?

Violet sentit son cœur s'accélérer à cette suggestion, l'espoir et l'anticipation tourbillonnant en elle.

— J'aimerai beaucoup, répondit-elle, ses mots doux mais inébranlables.

— Moi aussi, admit-il, son regard

plongeant dans le sien avec une intensité qui lui fit battre le cœur plus vite.

Une fois les réparations du hangar terminées pour la journée, ils se tinrent côte à côte, admirant leur ouvrage.

— On dirait que nous formons une super équipe, dit Violet, incapable de cacher son sourire extatique.

— On dirait bien, approuva Will, sa voix teintée d'une réelle affection.

Alors qu'ils se faisaient face, le soleil se couchant derrière l'horizon et baignant la ferme d'une douce lueur, il était impossible de nier l'étincelle grandissante entre eux.

CHAPITRE DIX

*V*iolet se tenait à côté de Will, les yeux grands ouverts et avides, buvant chacune de ses paroles. L'antique remise se dressait devant eux, ses vieilles poutres de bois gémissant sous le poids des années.

— Tout d'abord, commença Will, sa voix grave résonnant avec autorité, il faut renforcer ces poutres de soutien. Elles ont connu des jours meilleurs.

— D'accord, acquiesça Violet en serrant un marteau dans sa main. Dis-moi ce que je dois faire, et je le ferai.

Will ne put s'empêcher de sourire devant son enthousiasme. Au début, il avait été réticent à s'impliquer dans ce projet, mais sa détermination l'affectait. — Très bien, nous allons commencer par mesurer les poutres et en couper de nouvelles à la bonne taille.

Tandis qu'ils mesuraient, l'approche disciplinée de Will pour le travail devint évidente. Il bougeait avec efficacité, ses gestes précis et calculés. Chaque mesure qu'il prenait était exacte, son front se plissant de concentration tandis qu'il revérifiait leur travail.

— Wow, tu prends ça vraiment au sérieux, le taquina Violet, essayant de cacher son admiration.

— Bien sûr, répondit-il, son regard tendu croisant le sien un instant. Quand il s'agit de sécurité, il n'y a pas de place pour l'erreur. Surtout lorsque c'est quelqu'un qui m'est cher qui est impliqué.

Son regard soutint le sien un peu trop longtemps avant qu'il ne détourne les yeux. Il s'éclaircit la gorge et se reconcentra sur la tâche à accomplir.

— Je me soucie de tous ceux qui vivent à Love Springs, ajouta-t-il, s'éclaircissant la gorge et se reconcentrant sur la tâche. Bon, coupons ces poutres. Assure-toi de suivre exactement la ligne que j'ai marquée.

Will tendit à Violet une petite scie à main, lui montrant comment l'utiliser de manière sûre et appropriée.

Violet saisit la scie avec détermination, des gouttes de sueur perlant sur son front tandis qu'elle travaillait. Sa queue de cheval se balançait de gauche à droite à chaque mouvement, des mèches de cheveux rebelles collant à ses joues rougies. Will l'observait, impressionné par son avidité à apprendre et sa volonté à fournir le travail acharné nécessaire pour réparer la remise.

— Excellent travail, la félicita-t-il une fois les poutres coupées. Maintenant, il faut les fixer en place.

— Très bien, je suis prête, répondit Violet, ses yeux pétillants d'excitation.

— Tiens, laisse-moi te montrer comment tenir correctement le marteau, dit Will en s'approchant d'elle.

La chaleur de son corps l'enveloppa tandis qu'il ajustait sa prise sur le manche. L'intensité de son regard accéléra les battements de son cœur, mais elle se concentra sur la tâche à accomplir, déterminée à faire ses preuves.

Ensemble, ils fixèrent les nouvelles poutres de soutien, leurs mains se frôlant occasionnellement, envoyant des décharges d'excitation dans l'air. Violet ressentait un frisson à chaque contact, et elle pouvait dire que Will aussi, à la façon dont son souffle se bloquait brièvement.

— Wow, ça commence vraiment à prendre forme, dit-elle en levant les yeux vers le plafond renforcé avec fierté.

— Grâce à ton travail acharné, répondit Will en lui adressant un sourire sincère qui éclaira son regard.

CHAPITRE ONZE

*V*iolet s'essuya le front en contemplant le hangar presque terminé. Le soleil chaud projetait des ombres sur le sol et l'air était épaissi par le parfum des baies mûres prêtes à être cueillies et du bois fraîchement coupé.

Elle jeta un coup d'œil à Will qui inspectait méticuleusement la dernière poutre de soutien pour détecter toute imperfection. Ses larges épaules se mouvaient sans effort sous son maillot serré, et elle ne put s'empêcher d'admirer son air compétent.

— On dirait qu'on a presque fini, dit-elle d'un ton dégagé.

— Presque, acquiesça Will. Il faut juste s'assurer que tout soit bien solide.

— Bien sûr, approuva Violet en hochant la tête, tentant d'ignorer les papillons dans son estomac. La sécurité avant tout, n'est-ce pas ?

Le regard de Will laissa transparaître quelque chose d'indéchiffrable avant qu'il ne cache ses émotions d'un signe de tête.

— C'est ça, dit-il.

Tandis qu'ils travaillaient ensemble pour compléter les dernières tâches de la journée, un silence confortable s'installa entre eux. Violet ne put s'empêcher de lancer des regards furtifs à Will, se demandant ce qui l'avait rendu si discipliné et sérieux dans son travail. Bien qu'elle perçût une certaine réserve chez lui, elle ne pouvait nier l'étincelle qui s'embrasait entre eux chaque fois que leurs mains se frôlaient ou que leurs regards se croisaient.

— Voilà, le dernier clou est en place, annonça Violet en reculant pour admirer leur œuvre. Qu'est-ce que tu en penses ?

— Bon travail, dit Will d'une voix rauque, comme s'il retenait quelque chose. Il hésita, puis ajouta : Tu as fait beaucoup de progrès depuis que je t'ai aidée ici pour la première fois.

— Merci, répondit Violet en rayonnant, touchée par son compliment. Je n'aurais pas pu y arriver sans ton aide.

— Ç'a été un plaisir, rétorqua Will, son regard s'attardant un instant sur son visage avant de se détourner.

Une lueur de tristesse brillait dans ses yeux, ce qui donna à Violet l'envie de le réconforter. Mais elle savait qu'il valait mieux ne pas insister ; certaines blessures étaient trop profondes.

— Remettons-nous au travail ! lança-t-elle d'un ton enjoué en rassemblant ses outils. J'ai des baies à cueillir et de la confiture à faire si je veux que cette ferme prospère.

— Bien sûr, dit Will d'une voix douce. Mais n'oublie pas, si tu as besoin d'aide ou de conseils, n'hésite pas à demander.

— Merci, j'apprécie vraiment, répondit Violet avec un sourire, une douce chaleur se répandant dans sa poitrine à son offre. Mais ne t'inquiète pas pour moi. Je suis plus que jamais déterminée à faire de cette ferme un succès.

— Bien, approuva Will en plongeant son regard dans le sien. Tu le mérites, Violet.

Alors qu'ils regagnaient ensemble la ferme, leurs longues ombres se dessinant derrière eux sous le soleil, Violet se tourna soudain vers lui.

— Dis, Will ? l'appela-t-elle brusquement, un sourire espiègle se dessinant sur son visage.

— Oui ?

— Course jusqu'à la maison !

Et sur ces mots, Violet s'élança en courant, gloussant en entendant le grognement surpris de Will avant qu'il ne se lance à sa poursuite.

— Tricherie ! cria-t-il.

Son propre rire se mêla au sien tandis qu'ils couraient côte à côte vers la vieille ferme.

CHAPITRE DOUZE

Au cours des jours suivants, Violet et William travaillèrent côte à côte, les mains calleuses à force de tenir des outils et de transporter de vieux bois. Le cabanon s'était lentement transformé, chaque amélioration les rapprochant un peu plus de leur objectif.

— Bon, nous avons remplacé l'ancien câblage par de nouveaux câbles résistants au feu, dit Violet en cochant ce point sur leur liste pendant que William serrait la dernière vis. Il ne nous reste plus qu'à installer le détecteur de fumée et à évacuer les vieilles boîtes de peinture.

— Ça me va, acquiesça William en faisant craquer ses doigts avant de prendre le détecteur. Je m'en occupe. Toi, commence avec les boîtes de peinture et sois prudente — certaines pourraient fuir.

— Compris, chef, lança Violet d'un ton taquin, lui tirant la langue avec espièglerie. Elle put sentir la chaleur de son rire tandis qu'elle remontait ses manches et se mettait au travail.

À chaque amélioration qu'ils apportaient, Violet ne pouvait s'empêcher de ressentir un sentiment de satisfaction grandir dans sa poitrine. C'était évident dans les yeux de William aussi — cette fierté venue d'un travail acharné et de la persévérance. Ils n'étaient plus seulement deux personnes à contrecœur de travailler ensemble ; ils étaient devenus plus, même si elle n'était pas tout à fait sûre de ce que cela signifiait.

— Et voilà la dernière boîte de peinture ! annonça triomphalement Violet en la sortant pour la rejoindre aux autres.

Lorsqu'elle revint au cabanon, elle vit William dans l'embrasure de la porte, les bras croisés sur son torse musclé alors qu'il contemplait leur travail.

— On dirait qu'on l'a fait, dit-il, une pointe d'incrédulité dans la voix.

— Oui, on l'a fait, approuva Violet en venant se tenir à ses côtés. Et je n'aurais pas pu y arriver sans ton aide, Will. Merci.

— Violet, il n'y a pas besoin de me remercier, répondit William, les joues légèrement rougies sous la saleté et la sueur. Ça m'a fait plaisir de t'aider.

— Quand même, insista Violet en posant une main douce sur son bras. Je ne saurais pas par où commencer sans ton aide.

— Bon, d'accord, abdiqua William dans un doux rire. Je vous en prie. Alors, et si on passait à l'inspection ?

Tandis qu'ils faisaient un dernier tour du cabanon, Violet ne put s'empêcher de retenir son souffle par anticipation. Elle savait qu'ils avaient tout fait pour rendre le cabanon conforme, mais la peur de l'échec la taraudait encore.

— Bon, je crois que c'est bon, finit par dire William d'une voix ferme et décidée en rangeant son bloc-notes officiel. Félicitations Violet. Le cabanon est aux normes.

— Vraiment ? dit Violet, les yeux embués de larmes de soulagement. Oh merci Will ! Je ne peux pas te dire à quel point ça compte pour moi.

— Hé, c'était un travail d'équipe, lui rappela-t-il en passant un bras réconfortant autour de ses épaules. Je suis content d'avoir pu être là pour t'aider.

— Moi aussi, murmura Violet, calant sa tête contre son torse musculeux tandis qu'elle savourait l'instant.

Il ne se raidit pas cette fois. Il ne

s'écarta pas. Ils restèrent ainsi quelques secondes de plus avant de se séparer, ni l'un ni l'autre n'étant tout à fait sûr de la signification des sentiments tourbillonnants dans leurs cœurs.

CHAPITRE TREIZE

*V*iolet fixait la petite pile de crêpes aux myrtilles sur son assiette, le sirop s'écoulant sur les bords et formant de minuscules rivières qui dépassaient du bord. Elle était perdue dans ses pensées, réfléchissant aux nouvelles histoires que Brenda lui avait racontées sur William. Assise en face d'elle à la table de la cuisine, Brenda sirotait son café tout en observant Violet avec un sourire entendu.

Hou là, Violet ! dit Brenda, en agitant la main devant son visage d'un geste espiègle. Tu sembles ailleurs depuis que je t'ai raconté ces histoires sur William.

— Désolée, répondit Violet en secouant la tête pour revenir sur Terre. J'essaie juste d'assimiler ce nouveau côté de lui. C'est comme s'il était deux personnes différentes parfois : l'homme bougon et renfermé avec qui j'ai passé presque chaque jour ces deux dernières semaines, et l'homme attentionné et gentil que j'aperçois de temps en temps.

— Ma chérie, nous avons tous nos couches, dit Brenda en se penchant en avant, une lueur au fond de ses yeux verts. C'est comme un oignon : il faut parfois en peler une à la fois pour atteindre le cœur.

— Ou un parfait, dit Violet en gloussant. Tout le monde aime les parfaits.

— Exactement ! approuva Brenda en riant. Maintenant, si tu veux quelque chose assez fort, n'oublie pas de communiquer tes besoins, d'accord ? Il ne s'agit pas toujours de savoir ce que l'autre veut, mais de lui dire ce que tu veux, toi aussi. Surtout quand il s'agit d'un certain pompier têtu qui n'a pas l'habitude de s'ouvrir aux autres facilement.

— Merci, Brenda, dit Violet, une lueur de gratitude brillant dans ses yeux. Ton amitié compte énormément pour moi, et je te promets que je lui parlerai de ce que je ressens. Bientôt.

— Bien, dit Brenda en hochant la tête d'un air approbateur. Et n'oublie pas d'être patiente avec lui. Nous avons tous nos démons, et parfois il faut du temps pour les surmonter et laisser quelqu'un d'autre entrer dans notre vie.

Violet prit une profonde inspiration, laissant la sagesse chaleureuse des paroles de Brenda l'envelopper comme une couverture réconfortante. Elle savait que comprendre William ne serait pas facile, mais elle était déterminée à essayer. Avec les conseils de Brenda à l'esprit, elle se sentait prête à affronter tous les défis qui l'attendaient, elle et ce pompier grincheux.

— D'accord, dit-elle, la détermination luisant dans ses yeux. Défi relevé. Je vais peler ces couches et atteindre le cœur de mon propre parfait romantique.

— Ou oignon, dit Brenda en lui faisant un clin d'œil taquin.

— Ou oignon, approuva Violet en gloussant.

Tout en savourant ses crêpes, elle ne pouvait s'empêcher de s'interroger sur tout ce qu'elle avait appris sur William ces derniers temps. Et si la tâche semblait ardue, elle n'avait jamais été aussi impatiente de démêler le mystère qu'était William Baxter.

CHAPITRE QUATORZE

*L*e soleil projetait une lueur dorée sur les rangées de buissons de baies tandis que William marchait aux côtés de Violet, ses bras musculeux portant un lourd panier rempli de fruits mûrs. Le parfum de la terre et des fruits flottait dans l'air, lui rendant difficile de se concentrer sur autre chose que la chaleur et la douceur de sa présence. Il essayait de garder ses distances, mais chaque fois qu'elle riait ou lui adressait son lumineux sourire, sa résolution s'émiettait un peu plus.

Il n'avait même pas eu l'intention de venir ici aujourd'hui. Avec l'inspection du hangar terminée, il n'avait plus de raison d'être présent.

Mais plus il y pensait, plus il se rendait compte que Violet aurait besoin d'aide pour rattraper le travail accumulé au cours des deux dernières semaines. Qui de mieux que l'homme qui avait travaillé aux côtés de son grand-père autrefois ?

C'était la seule raison pour laquelle William s'était présenté tôt ce matin pour proposer son aide à Violet.

— Très bien, Will, je pense que nous devrions commencer par tailler ces buissons, dit Violet, sa queue de cheval rebondissant tandis qu'elle désignait les plantes à l'aspect broussailleux. — Ensuite, nous pourrons réparer la clôture autour de la ferme.

— Ça me va, répondit-il en essayant de garder une distance professionnelle. Il ne pouvait pas se permettre de laisser sa tragédie passée affecter son jugement et risquer une nouvelle perte. — Je vais chercher les outils.

Alors qu'ils travaillaient à nouveau côte à côte, William ne pouvait s'empêcher d'admirer la façon dont Violet se donnait corps et âme à son travail. Elle était passionnée et déterminée, ses yeux s'illuminant à chaque fois qu'elle parlait de ses projets pour la ferme. Son rire était comme un rayon de soleil perçant les ombres qui le hantaient.

— Hé, Will, l'interpella Violet, le tirant de sa rêverie. — Tu pourrais m'aider avec cette branche ? Elle est un peu trop haute pour moi.

— Bien sûr, répondit-il en s'approchant d'elle.

Alors qu'il levait les bras pour tailler la branche récalcitrante, sa poitrine frôla ses seins, envoyant un frisson le long de sa colonne vertébrale. Il pouvait sentir la chaleur irradier de son contact, et le doux parfum de son shampooing emplissait ses sens.

— Merci, souffla-t-elle, les joues roses tandis qu'elle levait les yeux vers lui. — Tu es vraiment doué pour ce travail à la ferme, tu sais ?

— Des années de pratique, dit-il en essayant d'ignorer la soudaine étroitesse dans sa poitrine.

Il ne voulait pas reconnaître l'attirance grandissante qu'il ressentait pour Violet, mais il devenait de plus en plus difficile de la nier.

— Ton expérience passée est définitivement un avantage ! s'exclama-t-elle avec un sourire taquin. — J'apprécie ton aide plus que tu ne peux l'imaginer. Merci d'être revenu aujourd'hui.

La façon dont ses yeux pétillaient quand elle le regardait accélérait les battements de son cœur, et William savait que malgré ses craintes, il y avait quelque chose de différent chez cette femme. Quelque chose qui le poussait à prendre un risque, même lorsque tous ses instincts lui criaient de garder ses distances.

CHAPITRE QUINZE

Le soleil déclinait lentement dans le ciel, sa lumière chaude colorant le visage de Violet et faisant ressortir la constellation de taches de rousseur qui parsemait ses joues et son nez. William se retrouva captivé par cette vision.

Ils avaient passé toute la journée ensemble mais il était presque temps pour eux de se séparer à nouveau.

— Will, dit soudainement Violet, le faisant sursauter. Tu as été plutôt silencieux aujourd'hui. Tout va bien ?

— Euh, ouais, dit-il d'une voix tendue. Je suis simplement... perdu dans mes pensées.

— À quoi penses-tu ? demanda-t-elle en penchant la tête sur le côté avec une réelle inquiétude. Si c'est quelque chose dont tu aimerais parler, je suis là pour toi.

William hésita, son cœur battant la chamade contre sa cage thoracique. Il n'avait jamais partagé avec quiconque en dehors des pompiers le sombre secret qui pesait lourdement sur son âme, mais il y avait quelque chose chez Violet qui lui donnait l'impression qu'il pouvait lui faire confiance.

— Violet, dit-il en avalant péniblement sa salive. Il y a quelque chose que je dois te dire. C'est à propos de la raison pour laquelle je suis si méfiant avec les gens.

— D'accord, dit-elle doucement en lui adressant un signe d'encouragement. Je t'écoute.

Prenant une profonde inspiration, il lui

raconta l'événement tragique qui hantait son passé. — Il y a des années, il y a eu cet incendie dans une maison familiale en ville. Nous avons tout essayé, toute l'équipe a donné son maximum, mais... nous n'avons pas pu sauver le plus jeune enfant. Et je... je m'en suis voulu.

— Will, murmura Violet, ses yeux remplis de compassion. Ça a dû être tellement difficile pour toi.

Il acquiesça, les larmes lui piquant les yeux. — Ça m'a changé, Violet. Ça m'a rendu incapable de me lier à qui que ce soit, par peur d'échouer à nouveau.

Elle tendit la main et posa une paume réconfortante sur son bras. — Tu ne peux pas porter cette culpabilité éternellement, Will. Tu as fait tellement de bien dans ta vie, comme tu le fais en m'aidant sur la ferme en ce moment.

— Merci, Violet, murmura-t-il d'une voix chargée d'émotion. Je ne sais pas ce que tu as de spécial, mais j'ai l'impression que... peut-être je pourrai enfin laisser partir une partie de cette douleur.

Ils continuèrent à travailler côte à côte après cela, terminant le reste du travail de la journée. Aussi fort qu'il ait essayé, William ne parvint pas à se débarrasser de la peur qui subsistait dans son cœur, et il tenta de réprimer les sentiments qui grandissaient rapidement en lui pour Violet.

— Nous voilà, plaisanta Violet pour alléger l'atmosphère après quelques minutes de silence. Une paire d'ouvriers agricoles, couverts de terre et de sueur. Qui l'aurait cru ?

— Certainement pas moi, dit William en riant doucement. Mais je ne changerais cette expérience pour rien au monde.

— Moi non plus, dit-elle en lui souriant.

Leurs regards se croisèrent, et durant cet instant, le temps sembla se suspendre.

— Will, murmura-t-elle, son souffle chaud caressant son visage alors qu'ils n'étaient plus qu'à quelques centimètres l'un de l'autre.

— Violet, murmura-t-il en réponse, l'envie de combler la distance entre eux devenant presque irrépressible.

— Puis-je te demander quelque chose ? dit-elle d'une voix à peine audible.

— Bien sûr.

— Vas-tu vraiment continuer à résister à tes sentiments pour moi ? Parce que je ne suis plus sûre de pouvoir résister aux miens.

Le cœur de William rata un battement, les murs qu'il avait érigés autour de lui menaçant de s'écrouler d'un instant à l'autre. Mais la peur gardait encore une emprise sur lui, et il savait qu'il ne pouvait pas encore lâcher prise.

— Violet, dit-il en reculant d'un pas et en détournant son regard du sien. Tu comptes pour moi plus que je ne saurais le dire. Mais j'ai besoin de temps. Du temps pour faire face à tout ça et démêler ces sentiments. Je... je ne peux pas tout te donner comme tu le mérites en ce moment. Je suis désolé.

— Prends tout le temps dont tu as besoin, Will, répondit-elle doucement. Je serai là quand tu seras prêt.

CHAPITRE SEIZE

*L*es rayons ambrés du soleil matinal baignaient les champs de la ferme de baies couverts de rosée tandis que William se tenait là, un marteau à la main, essayant de se concentrer sur la tâche qui l'attendait. La vieille clôture en bois avait connu des jours meilleurs et il était temps de s'en occuper un peu.

Il savait qu'il ne devait pas donner de faux espoirs à Violet en revenant sans cesse, mais une partie de lui ne pouvait tout simplement pas rester éloigné d'elle.

Il y avait toujours quelque chose à faire et il trouvait toujours une nouvelle excuse pour avoir une raison de venir la voir.

— Passes-moi la boîte de clous, veux-tu ? demanda Will à Violet, qui était perchée de manière précaire sur une échelle branlante.

— Bien sûr, répondit-elle en lui tendant la boîte d'une main, tout en s'accrochant à l'échelle de l'autre.

Ses yeux couleur noisette pétillaient dans la lumière matinale, et il ne put s'empêcher de remarquer la façon dont ses cheveux bouclaient délicatement autour de son doux visage. Il secoua la tête pour chasser ces pensées distrayantes et se reconcentra sur la clôture.

— Bon, il faut maintenant mesurer cette planche et la couper à la bonne dimension, dit-il en essayant de garder un ton strictement professionnel.

Ce n'était pas facile alors que tout ce à quoi il pouvait penser, c'était les mots qu'elle avait prononcés la veille, son aveu qu'elle ne pouvait plus lutter contre ses sentiments pour lui. Et lui non plus, semblait-il, peu importe à quel point il avait essayé ou ce qu'il lui avait dit.

— Will ? demanda Violet, sa voix le sortant de sa rêverie. Tu vas bien ? Tu sembles... distrait.

— Désolé, ça va. Je réfléchissais juste à la meilleure façon d'aborder cette réparation, mentit-il, espérant qu'elle croirait son excuse.

À en juger par le scepticisme dans son regard, elle n'en était pas entièrement convaincue.

— D'accord, eh bien, mettons-nous au travail alors. J'ai une ferme à faire tourner, après tout, dit-elle avec un sourire taquin, essayant visiblement de détendre l'atmosphère.

— C'est vrai, approuva-t-il en forçant un sourire et en se remettant à la tâche.

Tandis qu'ils travaillaient côte à côte, mesurant, coupant et martelant, William fit de son mieux pour maintenir un semblant de normalité entre eux. Il remplit l'air de récits sur ses exploits de pompier et l'écouta attentivement raconter ses rêves pour l'avenir de la ferme. Mais à chaque fois que leurs mains se frôlaient ou que leurs regards se croisaient, une décharge d'électricité semblait passer entre eux, lui rappelant l'intensité grandissante de ses sentiments pour elle.

— Aïe ! cria soudain Violet en se tenant le pouce après avoir raté un clou et s'être frappé la main avec le marteau.

— Ça va ? demanda William, l'inquiétude gravée sur son visage tandis qu'il s'approchait d'elle, attrapant instinctivement sa main.

— Oui, je suis juste un peu maladroite, j'imagine, dit-elle avec un sourire timide, le laissant examiner sa blessure.

— On dirait que tu vas survivre, plaisanta-t-il, ses yeux bruns profondément enfoncés pétillant de malice. Mais laisse-moi le martellement pour l'instant.

— D'accord, répondit-elle en lui souriant alors qu'ils se tenaient proches, leurs visages à quelques centimètres l'un de l'autre. Pendant un moment, William se perdit dans son regard, l'attraction entre eux restant indéniable.

— Will, je... commença-t-elle à dire, mais il la coupa rapidement, paniqué à l'idée de baisser sa garde à nouveau.

— Concentrons-nous sur le hangar, d'accord ? dit-il précipitamment, en reculant pour mettre une distance bien nécessaire entre eux.

— C'est vrai, le hangar, acquiesça-t-elle lentement en reportant son attention sur la tâche à accomplir.

Alors qu'ils poursuivaient leur travail, William ne put s'empêcher de sentir le poids de ses émotions peser sur lui. Il savait qu'il se devait d'affronter les démons de son passé, autant pour lui-même que pour Violet, mais la peur de perdre quelqu'un d'autre à qui il tenait était un doute constant et lancinant au fond de son esprit.

— Will, je peux te dire quelque chose ? demanda doucement Violet, brisant le silence qui s'était installé entre eux.

— Bien sûr, répondit-il en se préparant à ce qu'elle avait à dire.

— Je sais que tu traverses quelque chose en ce moment, même si tu ne veux pas en parler tout de suite. Je veux que tu saches que je suis là pour toi quand tu seras prêt. Et je crois en nous, dit-elle avec une voix pleine de chaleur et de sincérité.

— Merci, Violet, murmura-t-il, son cœur gonflé par des sentiments encore plus forts pour cette femme incroyable se tenant devant lui qu'il n'aurait pu l'imaginer quelques semaines auparavant.

CHAPITRE DIX-SEPT

Le soleil déclinait dans le ciel, projetant une lueur jaune sur la petite ferme tandis que William et Violet se tenaient de chaque côté d'une clôture en bois. Le parfum de l'herbe fraîchement coupée embaumait l'air, arrachant un rare sourire à William qui luttait pour garder son esprit concentré sur la tâche à accomplir.

— Très bien, dit-il en prenant une profonde inspiration et en redressant les épaules. Laisse-moi te montrer comment bien resserrer ces poteaux de clôture.

— Bien sûr, chef, le taquina Violet, ses yeux pétillant de malice tandis qu'elle se penchait pour mieux le regarder travailler.

Une bouffée de chaleur envahit les joues de William, et il tenta d'ignorer les frissons qui parcouraient son échine à sa proximité.

— Très drôle, grommela-t-il en resserrant le boulon entre ses doigts avec une aisance consommée. Contente-toi de regarder, d'accord ?

— Je n'aurais garde d'en faire autrement quand tu es là, rétorqua-t-elle, son rire résonnant à ses oreilles comme un carillon.

Tandis qu'ils travaillaient ensemble, les piques et les plaisanteries continuèrent à fuser entre eux, chaque remarque spirituelle et chaque taquinerie amicale s'insinuant dans le cœur de William. Aussi réticent qu'il était à compromettre leur nouvelle amitié, il ne pouvait plus ignorer ce sentiment persistant que ce n'était plus suffisant, que quelque chose de *plus* entre eux pourrait être tellement mieux.

— Je crois que nous avons fini ici, déclara-t-il en reculant pour admirer leur travail.

La clôture tenait désormais droite et solide.

— Super boulot, l'équipe ! s'exclama Violet en levant la main pour un high-five.

Il hésita, le cœur battant la chamade dans sa poitrine tandis qu'il fixait sa paume tendue. Le désir de la prendre dans ses bras était presque irrépressible.

— Violet, il y a quelque chose que je dois te dire, lâcha-t-il, ses paroles se bousculant dans sa précipitation à les prononcer.

Elle abaissa la main, son expression s'adoucissant dans l'inquiétude.

— Tout va bien, Will ? demanda-t-elle, le front plissé par l'angoisse.

Il prit une profonde inspiration, rassemblant le courage nécessaire pour confesser ses sentiments. — Je tiens à toi,

Violet. Plus que je n'aurais jamais pu l'imaginer. Et je sais que je me suis retenu à cause de mon passé, mais... je ne peux plus nier ce qu'il y a entre nous.

— William, murmura-t-elle, les yeux embués de larmes retenues. Moi aussi, je tiens tellement à toi. Mais es-tu sûr d'être prêt pour cela ?

Il hésita, pesant le risque d'être blessé contre l'indéniable attirance qui les unissait. Enfin, avec un hochement de tête décidé, il dit : — Je veux essayer. Si tu es disposée à y aller doucement, si tu es prête à franchir le pas avec moi. Je ne veux pas faire de promesses que je ne pourrai pas tenir, et je ne sais pas si je pourrai être l'homme qu'il te faut, mais je ne peux tout simplement pas cesser de penser à toi, et...

La voix de William s'étrangla tandis qu'il tentait de tout exprimer sans faillir.

— Bien sûr que je le suis, répondit-elle, comblant le silence, sa voix à peine audible tandis qu'elle tendait la main pour saisir la sienne.

Leurs doigts s'entrelacèrent, et William ressentit une soudaine sensation de paix l'envahir – une paix qui lui avait cruellement fait défaut depuis bien trop longtemps.

— Alors essayons, chuchota-t-il, ses lèvres se courbant en un sourire sincère pour la première fois depuis ce qui lui semblait être une éternité.

CHAPITRE DIX-HUIT

Les premières lueurs de l'aube scintillaient à travers les arbres tandis que William et Violet travaillaient côte à côte dans les champs de baies, leurs rires se mêlant aux chants des oiseaux. Le soleil caressait leur peau, projetant une chaude lueur sur leurs visages pendant qu'ils cueillaient les baies mûres.

— Attention, tu vas l'écraser celle-là, taquina William alors que Violet le bousculait gentiment de l'épaule.

— Excusez-moi, Monsieur l'Expert

Cueilleur de Baies, répliqua-t-elle d'un ton espiègle. Je me débrouille très bien, je crois.

Elle tenait fièrement une baie parfaite et bien ronde en guise de preuve, la portant à sa bouche avec un sourire. Une goutte de jus s'échappa, roulant sur son menton, et sans réfléchir, William tendit la main pour l'essuyer de son pouce, dans un geste doux et tendre, presque amoureux.

Le rire de Violet s'éteignit, son souffle se coupant devant cette intimité inattendue. Leurs regards se croisèrent et, pendant un instant, le temps sembla se figer. Comme attirés l'un vers l'autre par une force invisible, leurs visages se rapprochèrent et leurs lèvres s'effleurèrent, si doucement, avant qu'ils ne se séparent, tous deux rougissants et à bout de souffle.

William s'éclaircit la gorge, essayant de reprendre contenance. — Nous devrions, euh, nous remettre au travail.

— Oui, murmura Violet, le cœur battant.

Plus tard dans la soirée, après une longue journée de travail sur la ferme de baies, ils s'assirent côte à côte sur les marches du perron, savourant les douces lueurs du soleil couchant. C'était aussi près d'un rendez-vous amoureux qu'elle avait réussi à lui arracher jusqu'à présent. Il semblait plus à l'aise pour discuter quand ils avaient un travail à partager, et elle avait vraiment besoin d'aide en ce moment.

Violet s'appuya contre William, sa tête reposant sur son épaule, tandis que, distraitement, il dessinait des cercles sur le dos de sa main avec son pouce, lui offrant un aperçu de l'intimité dont elle avait si désespérément envie.

— Raconte-moi quelque chose que tu n'as jamais dit à personne, chuchota-t-elle, sa voix à peine audible par-dessus le bruissement des feuilles.

William hésita, sentant le poids de leur

relation naissante peser sur lui. C'était une sensation à la fois terrifiante et exaltante. Prenant une profonde inspiration, il se confia sur un souvenir d'enfance qui le hantait depuis des années, sa voix tremblant d'émotion.

— Mon père était aussi pompier, lui confia-t-il. Chaque fois qu'il devait partir combattre un incendie, ma mère s'asseyait devant la cheminée. Elle fixait les flammes comme si elle pouvait y voir quelque chose. Ça me faisait plus peur que tout le reste. Elle ne l'a jamais dit, mais je savais qu'elle s'imaginait ce que ce serait de perdre mon père dans un incendie.

Tandis qu'il parlait, les doigts de Violet cherchèrent les siens, lui offrant un soutien silencieux. Quand il eut fini, elle plongea son regard dans le sien, ses yeux se remplissant de larmes.

— Merci d'avoir eu confiance en moi pour partager ce souvenir, dit-elle doucement, sa voix chargée d'empathie.

À cet instant, William sut avec

certitude que son cœur lui appartenait. Il ne pouvait pas encore le dire, ne savait pas si ce jour viendrait jamais où il pourrait le dire, mais elle avait changé quelque chose en lui pour toujours.

— Violet, dit-il, son regard ne la quittant pas. Merci de m'avoir montré qu'il est possible de laisser quelqu'un entrer.

Elle lui sourit à travers ses larmes, se penchant pour déposer un doux baiser sur ses lèvres. Cette fois, il ne recula pas et la laissa faire.

CHAPITRE DIX-NEUF

Le soleil avait commencé à se coucher, projetant de longues ombres sur la cuisine accueillante de Brenda. Violet a jeté un coup d'œil à l'horloge murale et a réalisé qu'il était temps de rentrer chez elle. Il se faisait tard et quelques dernières corvées l'attendaient à la ferme de baies.

William n'avait pas pu venir aujourd'hui. Son travail à la caserne de pompiers locale l'en avait empêché. Elle ne pouvait s'empêcher de repenser à l'histoire de sa mère, s'imaginant dans la même situation. Pourrait-elle le supporter, sachant qu'il mettait sa vie en danger pour sauver les autres ?

— Merci de m'avoir écoutée, Brenda, dit Violet en posant sa tasse de café sur la table. Tu m'as donné beaucoup à réfléchir.

— Je suis là quand tu veux, ma chérie, répondit Brenda avec un sourire chaleureux. Et n'oublie pas, sois patiente avec William, mais comme je dis toujours, n'oublie pas non plus tes propres besoins.

Violet acquiesça, pleinement consciente que trouver un équilibre entre comprendre William et affirmer ses limites serait crucial pour le développement de leur relation. Les choses allaient lentement, mais elle pouvait le supporter. Parfois, les meilleures baies mettaient un peu plus de temps à pousser. Tandis qu'elle se levait et attrapait son manteau, elle ressentit une détermination monter en elle.

— Très bien, dit Violet en boutonnant son manteau. Je vais lui donner du temps et de l'espace, mais je serai là pour lui s'il a besoin de moi aussi.

— C'est bien, approuva Brenda en raccompagnant Violet à la porte. N'oublie jamais que l'amour n'est pas toujours facile, mais qu'il vaut la peine de se battre pour lui si on y croit.

Violet sourit, touchée par les paroles de Brenda. — Je n'oublierai jamais cela.

Lorsqu'elles sortirent dans l'air frais du soir, Brenda attira Violet dans une étreinte serrée.

— Prends soin de toi, d'accord ? dit Brenda. Et tiens-moi au courant de l'évolution des choses avec William.

— Bien sûr, promit Violet en rendant son étreinte. Merci d'être là pour moi, Brenda.

— Toujours, murmura Brenda en se reculant et en donnant une tape encourageante sur l'épaule de Violet.

Violet se retourna et commença à descendre l'allée de gravier de Brenda, le bruit de ses pas crissant sous ses pieds.

Elle se sentait plus légère qu'elle ne l'avait été depuis des jours, portée par l'espoir de pouvoir aider William à surmonter ses émotions refoulées et à trouver l'amour au cours du processus.

Tandis qu'elle marchait, Violet laissa son esprit vagabonder sur les possibilités que pourrait offrir son avenir avec William. Elle s'imagina des soirées douillettes, lovée contre lui près du feu, des journées remplies de rires à travailler côte à côte à la ferme de baies, et, un jour, un amour assez fort pour résister à n'importe quelle tempête que la vie leur lancerait.

— William Baxter, murmura-t-elle, un sourire plein d'espoir se dessinant sur son visage. Je suis prête pour ce voyage, où qu'il nous mène.

CHAPITRE VINGT

Violet Clarke se promenait dans sa ferme de baies désormais florissante, le soleil brillant sur ses longs cheveux bruns ondulés. Elle ne pouvait s'empêcher de sourire en admirant la dernière récolte de succulentes framboises et myrtilles. Ce qu'elle ignorait, c'est qu'à l'autre bout de la ville, quelqu'un observait attentivement chacun de ses gestes.

Ava Rodriguez se tenait sur la véranda de sa somptueuse ferme, ses yeux bruns perçants plissés avec détermination. La ferme de baies de sa rivale était une épine dans son pied depuis que Violet l'avait héritée de son grand-père défunt qui avait décidé, dans ses derniers jours, de ne pas vendre la propriété. Sa propre ferme, autrefois la fierté de Love Springs, avait connu des jours meilleurs. Dans un soupir, elle regroupa ses cheveux noirs et lisses en un chignon et se mit à ruminer des plans.

— Violet pense pouvoir débarquer ici et s'accaparer le commerce des baies ? marmonna-t-elle entre ses dents tout en arpentant son salon. J'ai trop travaillé pour laisser la petite-fille novice de ce fermier me voler la vedette.

La jalousie d'Ava grandissait de jour en jour en regardant la ferme de Violet prospérer. La communauté avait également remarqué ; des chuchotements louant les baies fraîches et juteuses de Violet emplissaient le marché local. De quoi pousser Ava au bord du désespoir.

— Il faut que j'agisse, décida-t-elle, son

esprit bouillonnant de tactiques rusées. Elle saisit son téléphone et composa un numéro, un sourire perfide se dessinant sur son visage. — Salut Lacey, c'est Ava. Tu es libre pour déjeuner ? J'ai une proposition à te faire...

Pendant ce temps, Violet ne se doutait absolument pas de la tempête qui s'approchait. Alors qu'elle s'affairait à emballer son dernier lot de baies, elle fredonnait un air joyeux, les yeux pétillants d'excitation.

— William va adorer, pensa-t-elle en se remémorant l'expression adorablement revêche de son petit ami lorsqu'il avait goûté sa tarte aux baies maison. Il ne peut résister à mes pâtisseries, aussi grincheux soit-il.

— Hé, Violet ! lança une voix familière alors que sa voisine Brenda approchait. Je viens d'entendre des gens parler de tes baies au marché ! Ils disent que ce sont les meilleures de la ville !

— C'est vrai ? rougit Violet, fière, et ne

put s'empêcher de sourire. C'est formidable ! J'ai tant travaillé pour faire de cette ferme un succès. Ça fait plaisir d'entendre que les gens apprécient ce que je cultive.

— Bien sûr qu'ils apprécient ! répondit Brenda, rayonnante. Tu devrais être fière de toi. Mais n'en fais pas trop non plus, ou tu finiras comme Ava Rodriguez.

Violet ne put réprimer un frisson à la mention de cette femme. Elle avait entendu des histoires sur les tactiques déloyales et les manigances d'Ava de la part de son grand-père Tom, mais elle refusait de se laisser intimider.

— Ne t'en fais pas, dit-elle à Brenda, je ne vais pas la laisser m'atteindre. Je vais me concentrer sur le fait de rendre cette ferme la meilleure possible, quoi qu'elle essaie de me faire.

— Bien joué, l'encouragea Brenda en donnant une tape amicale dans le dos de Violet. Maintenant, emballons ces baies et préparons-les à la vente. Je suis libre si tu acceptes l'aide d'une vieille dame.

Pendant que Violet et Brenda travaillaient ensemble dans un éclat de rire emplissant l'air chaud de l'été, Ava les observait de loin, sa jalousie s'attisant. Sa détermination à saboter le succès de Violet ne faisait que grandir, alimentée par le ressentiment qu'elle éprouvait envers la jeune femme joviale qui avait soudainement ravi le cœur de tous les habitants de Love Springs.

— Profite bien de ton moment de gloire, Violet Clarke, marmonna-t-elle, les yeux résolus. Il ne durera pas longtemps si j'ai mon mot à dire.

CHAPITRE VINGT-ET-UN

L'air était épais du parfum terreux de l'été tandis que Violet et William travaillaient côte à côte dans les champs de baies, leurs mains habiles cueillant les fruits mûrs des branches chargées. Le soleil les frappait, mais ni l'un ni l'autre ne s'en souciait ; ils étaient trop absorbés par leur tâche et par la compagnie l'un de l'autre.

— Vous est-il déjà arrivé de vous dire à quel point j'aime les framboises ? demanda Violet, les yeux pétillants sous les rayons du soleil tandis qu'elle lançait une poignée des baies rouges juteuses dans son panier.

— Une centaine de fois, répliqua William avec un sourire taquin, s'essuyant le front d'un revers de la main. Mais cela ne se lasse jamais.

— Tant mieux, parce que je ne compte pas m'arrêter de sitôt. Elle gloussa, heurtant son épaule contre la sienne avec espièglerie. Ils échangèrent un sourire avant de reprendre leur travail, le rythme de leurs mouvements synchronisé comme une danse bien chorégraphiée.

Au fil de la journée, Violet ne put s'empêcher de remarquer la façon dont William semblait s'être départi d'une partie de son extérieur bourru. Il était toujours le même pompier fort et discipliné qu'elle avait rencontré au départ, mais il y avait quelque chose de différent en lui désormais. Son rire venait plus facilement, ses sourires s'attardaient plus longtemps et la chaleur dans ses yeux bruns profondément enfoncés brillait plus que jamais auparavant.

Ce ne fut que lorsqu'ils firent une pause à l'ombre d'un vieux chêne que Violet réalisa à quel point ce côté plus doux de William l'affectait. Elle le regarda s'étendre sur l'herbe, fermant les yeux et soupirant de contentement. À cet instant, il semblait si apaisé, si totalement délesté du poids de son passé.

— William, commença-t-elle d'une voix hésitante, à peine plus haute qu'un murmure. J'ai eu l'intention de vous demander... Pourquoi avez-vous fini par m'aider à la ferme ?

Il ouvrit un œil, la regardant d'un air curieux. — Eh bien, je savais que vous aviez besoin d'aide, et je ne faisais pas grand-chose pendant mes jours de congé. De plus, il y a quelque chose dans cet endroit... Cela me rappelle mon enfance.

— Vraiment ? demanda Violet. Je sais que vous avez dit avoir aidé mon grand-père Tom, mais...

Le souvenir soudain, sachant qu'elle ne reverrait plus jamais son grand-père, la déchira, sa voix se brisant et s'éteignant.

— Ouais, répondit William, une pointe de tristesse et de nostalgie dans la voix. Je venais ici tous les jours après l'école. Mon père travaillait et si je rentrais à la maison, ma mère me ferait m'asseoir et faire mes devoirs tout l'après-midi. J'aimais aider votre grand-père dans tout ce dont il avait besoin, mais ma chose préférée était toujours quand il voulait de l'aide pour cueillir les framboises.

— Peut-être est-ce pour cela que nous nous entendons si bien, dit Violet, son cœur se gonflant d'affection pour l'homme à ses côtés. Nous sommes tous les deux des amoureux de la framboise dans le fond.

— Peut-être, approuva William, son regard s'attardant sur son visage avant qu'il ne referme les yeux. Ou peut-être n'est-ce que le destin.

CHAPITRE VINGT-DEUX

Alors que le soleil descendait dans le ciel, Violet et William faisaient une pause dans leur travail pour s'asseoir sur le porche de la vieille ferme. La sueur perlait sur leurs fronts, témoignant de leurs efforts de la journée. Ils tenaient tous deux des verres de limonade aux myrtilles qu'ils sirotaient lentement en profitant de la brise fraîche.

— Raconte-moi quelque chose sur toi, Will, dit soudainement Violet, les yeux pétillants de curiosité. Je veux dire, cela fait des semaines que nous sommes ensemble, et je ne sais toujours presque rien de toi en dehors de ta carrière de pompier.

William se rencogna dans son fauteuil, ses yeux bruns pensifs alors qu'il réfléchissait à sa question.

— Eh bien, commença-t-il en frottant la barbe naissante sur sa mâchoire robuste, j'ai grandi pas très loin d'ici, en fait. J'ai toujours voulu être pompier, comme mon père.

— Vraiment ? demanda Violet, intriguée. Je sais que tu en as un peu parlé avant, mais comment c'était de grandir avec un père pompier ?

— Palpitant, la plupart du temps, dit-il, un sourire flottant au coin des lèvres. Mais aussi stressant. À chaque fois qu'il partait pour une intervention d'urgence, je m'inquiétais de savoir s'il allait revenir sain et sauf, tout comme ma mère. Mais le voir aider les gens, sauver des vies... Ça me donnait envie de faire la même chose.

Le cœur de Violet se gonfla d'émotion,

son regard s'attardant sur les traits forts de son visage. — C'est incroyablement courageux de ta part, Will.

Il haussa les épaules avec modestie, visiblement mal à l'aise avec les éloges. — Ce n'est que ce que j'ai toujours voulu faire. Il but une autre gorgée de sa limonade avant de demander : Et toi, Violet ? De quoi rêvais-tu quand tu étais plus jeune ?

— Mis à part de diriger cette ferme ? demanda-t-elle en riant doucement. Eh bien, j'ai toujours pensé que j'écrirais des livres pour enfants. Tu sais, le genre où les gamins partent à l'aventure dans des mondes magiques et rencontrent des créatures fantastiques.

— Vraiment ? demanda William en haussant un sourcil, surpris. Je ne l'aurais jamais deviné.

— Peut-être que je le ferai un jour, dit Violet, une lueur espiègle dans les yeux. Après que la ferme soit remise sur pied, bien sûr.

La façon dont elle le disait, avec tant de conviction et de détermination, fit se serrer quelque chose dans la poitrine de William. Il se surprit à vouloir l'aider à réaliser ce rêve, quoi qu'il arrive. Il voulait que tous ses rêves se réalisent.

— Je te propose un deal, dit-il en se penchant vers elle. Une fois que la ferme tournera comme sur des roulettes, je t'aiderai à écrire ton premier livre pour enfants. Ça marche ?

— Ça marche, accepta Violet, le visage rayonnant alors qu'ils se serraient la main pour sceller leur accord.

Au contact de leurs doigts, une étincelle électrique les traversa, les laissant tous deux essoufflés et plus conscients de leur attirance mutuelle.

— Violet, murmura William d'une voix rauque et basse. Je...

— Will, chuchota-t-elle en retour, son regard rivé au sien.

Pendant un instant, il sembla qu'ils allaient franchir la distance qui les séparait, leurs lèvres se rencontrant dans un baiser passionné et volé, au lieu des petits baisers chastes qu'ils avaient échangés auparavant. Mais le son d'un tracteur démarrant quelque part à proximité brisa le charme, et ils s'écartèrent l'un de l'autre, les joues roses et le cœur battant.

— Bon, dit Violet en s'éclaircissant la gorge. Retournons au travail, j'imagine.

— Ouais, approuva William d'une voix tendue tandis qu'il se levait, lui tendant la main.

Elle la prit, leurs doigts s'entremêlant un bref instant électrique avant qu'ils ne se relâchent et retournent dans les champs pour poursuivre leur travail.

CHAPITRE VINGT-TROIS

iolet et William travaillaient sans relâche pour assurer le succès de la ferme à baies. Il l'aidait les jours où il ne travaillait pas à la caserne de pompiers, gardant toujours à l'œil la radio accrochée à sa ceinture. Leurs mains étaient souvent tachées par les jus des fraises et des myrtilles mûres qu'ils cueillaient, triaient et emballaient pour livrer au marché local. Grâce à leurs efforts combinés, la ferme jadis en difficulté commençait à prospérer.

— Will, regarde ça ! s'exclama un

matin Violet, rayonnante, en lui montrant une fraise rebondie dans la paume de sa main. Je n'en ai jamais vu d'aussi parfaite.

— On dirait que notre travail acharné paye, dit William en souriant, les yeux plissés d'une façon qui faisait battre le cœur de Violet plus vite.

— Définitivement, acquiesça-t-elle en repoussant derrière son oreille une mèche rebelle, laissant une fine traînée de jus sur sa joue.

— Violet, tu as quelque chose sur la... murmura William en tendant la main pour essuyer la tache de son pouce. Ce simple contact fit frissonner Violet de la tête aux pieds.

— Merci, chuchota-t-elle, les joues rosissantes de la même teinte écarlate que les baies qu'ils récoltaient.

Au fil des jours, la nouvelle de l'abondance sans précédent des récoltes de la ferme de Violet se répandit dans toute la ville. Les habitants se pressaient pour acheter des paniers de ces fruits juteux, mûris au soleil, louant le dévouement et les talents de Violet. Même les plus grincheux du village ne purent s'empêcher de la complimenter.

— Ma chère Violet, vos baies sont tout simplement extraordinaires, s'extasia Agnes, la commère de la ville. Et on dirait que vous avez trouvé un ami très proche en la personne de William, n'est-ce pas ?

Elle leur lança un clin d'œil entendu avant de s'éclipser, laissant Violet et William rougissants et échangeant des regards gênés.

— On dirait que tout le monde parle de nous, fit William en se grattant la nuque. C'est un peu étrange, non ?

— Je suppose, dit Violet en se mordillant la lèvre. Mais ils n'ont pas tort. Nous formons une grande équipe.

— Je ne peux pas dire le contraire, admit-il en souriant. J'espère seulement qu'ils ne commenceront pas à parier sur la date de notre mariage.

— *Notre mariage ?* demanda Violet, le cœur battant, les yeux écarquillés.

— Euh, tu sais, pour plaisanter, se reprit William, les joues rouges. Ce ne sont pas leurs affaires, mais...

— Bien sûr, acquiesça Violet en hochant la tête, tâchant de cacher sa déception. Ça ne les regarde pas du tout.

Plus tard dans la soirée, alors qu'ils étaient assis sur la véranda surplombant les champs prospères, Violet ne put s'empêcher de ressentir un pincement au cœur. Le succès de la ferme les avait rapprochés plus que jamais, et pourtant, il subsistait entre eux un fossé infranchissable.

— Will ? demanda-t-elle avec hésitation.

— Oui ?

— Tu penses parfois à... nous ?

— Nous ? fit-il en la regardant, plongeant son regard brun dans le sien.

— À ce qui se passerait si nous... allions plus loin ?

William soupira, passant une main dans ses cheveux courts. — Violet, j'y ai réfléchi. Plus que je ne l'aurais dû, sans doute. Tu es belle et je serais idiot de ne pas le remarquer. Mais j'ai peur que si nous franchissons cette ligne et que ça ne fonctionne pas... je ne veux pas perdre ce que nous avons maintenant.

— Moi non plus, chuchota-t-elle, les yeux noisette embués de larmes. Mais parfois, j'ai l'impression que nous tournons autour de quelque chose qui pourrait être tellement plus.

— C'est peut-être le cas, admit-il doucement en prenant sa main dans la sienne. Mais pour l'instant, profitons de ce moment. Grâce à notre dur labeur, cette ferme est devenue quelque chose de vraiment spécial. Et peut-être qu'avec un peu plus de temps, nous pourrons comprendre ce que nous représentons l'un pour l'autre.

D'accord, dit Violet en serrant gentiment sa main. Un peu plus de temps.

CHAPITRE VINGT-QUATRE

*V*iolet tira sur ses gants de jardinage, sentant la sueur couler le long de son dos alors qu'elle prenait un moment pour lever les yeux vers le ciel d'un bleu éclatant. Elle laissa échapper un profond soupir, essayant de démêler ses pensées à propos de William. Il était clair que quelque chose le retenait, mais elle n'arrivait pas à mettre le doigt dessus.

— Quel jour magnifique, n'est-ce pas ?

La voix de Brenda ramena Violet à la réalité. Elle se tourna pour voir sa voisine appuyée contre la clôture en bois, ses cheveux roux attrapant les rayons du soleil, ses yeux verts brillants de chaleur.

— Salut, Brenda, dit Violet avec un geste de la main, interrompant son travail pour offrir à son amie un sourire sincère. C'est vrai que la journée est superbe. Que nous vaut le plaisir de ta visite ?

— Une vieille dame n'a pas le droit de rendre visite à sa jeune fermière préférée sans arrière-pensée ? taquina Brenda, tendant la main pour cueillir une framboise mûre et la porter à sa bouche. Mmmm, délicieuse comme toujours ! Mais dis-moi, ma chérie, qu'est-ce qui te préoccupe ces derniers temps ? Tu te tues au travail.

Violet soupira, ses yeux noisette s'assombrissant.

— C'est Will, dit-elle, écartant une mèche rebelle de son visage. Il est tellement frustrant parfois. Je n'arrive pas à le faire s'ouvrir. À vouloir plus entre nous. C'est comme s'il avait érigé un mur autour de lui que je n'arrive pas à franchir.

— Ah, notre pompier grincheux préféré, acquiesça Brenda, ses yeux s'adoucissant avec compréhension. Tu sais, les relations peuvent être des choses délicates, surtout quand l'une des personnes garde ses distances.

— Tu l'as dit, soupira Violet en se massant les tempes. J'aimerais tellement qu'il me laisse entrer dans sa vie. On pourrait être tellement bien ensemble s'il baissait un peu sa garde.

— Parfois, les gens érigent des murs pour se protéger, ma chérie, dit doucement Brenda. Peut-être que William a simplement besoin de plus de temps pour te laisser entrer dans sa vie. As-tu essayé d'en discuter avec lui ?

— Bien sûr, mais à chaque fois que j'aborde le sujet, il se referme comme une huître, répondit Violet avec une pointe de frustration dans la voix. Je ne veux pas le brusquer, mais je ne peux pas m'empêcher de ressentir ce que je ressens. J'apprécie ce que nous avons, mais je veux plus.

— As-tu déjà envisagé que peut-être ce n'est pas seulement lui qui doit s'ouvrir ? demanda gentiment Brenda.

Violet cligna des yeux, prise au dépourvu par la question. — Que veux-tu dire ?

— D'après ce que j'ai pu observer, tu es toi-même assez sur la réserve, ma chérie, répondit Brenda. C'est naturel de vouloir se protéger après tout ce que tu as vécu avec le décès de ton grand-père, mais peut-être que William attend que tu lui montres aussi ta vulnérabilité.

La suggestion laissa Violet sans voix, son esprit tournant à plein régime alors qu'elle réfléchissait à son propre rôle dans leur problème de communication. Elle savait que Brenda avait raison – elle avait toujours été prudente, évitant de trop se dévoiler, surtout en ce qui concernait les affaires de cœur.

— Tu as peut-être raison, dit

doucement Violet. J'imagine que j'ai du travail à faire sur moi-même aussi.

— N'oublie pas, l'amour demande du temps et des efforts des deux côtés, lui rappela gentiment Brenda. Sois patiente, communique ouvertement, et accordez-vous l'espace nécessaire pour grandir, tout comme tu le fais avec ces délicieuses baies.

— Merci, Brenda, dit sincèrement Violet, sentant un poids s'envoler de ses épaules. Tes conseils comptent plus que tu ne le crois pour moi.

— Je suis là quand tu veux, ma chérie, dit Brenda en souriant chaleureusement avant de poser une main rassurante sur l'épaule de Violet. Et maintenant, remettons-nous au travail avant que ces baies ne s'impatientent trop ! Passe donc un panier à cette vieille dame, veux-tu ?

CHAPITRE VINGT-CINQ

L'air était chaud et embaumé du parfum des baies mûres tandis que Violet et William se promenaient dans les rangées de la ferme désormais florissante. Leurs mains se frôlaient, leurs doigts s'attardant dans une danse muette d'affection.

— Regarde toutes ces framboises dodues ! Nous y sommes vraiment arrivés, Will, s'exclama Violet, les yeux brillants, en cueillant une baie mûre entre ses doigts. On devrait fêter ça.

— Comment ? demanda William, curieux et enjoué.

— Peut-être un pique-nique ? Quelque chose de simple, rien que tous les deux, suggéra Violet.

Ses joues se colorèrent d'excitation et son cœur s'emballa à l'idée de passer du temps seule avec William en dehors du travail à la ferme.

— Parfait, dit-il, les coins de sa bouche se relevant en un doux sourire qui accéléra les battements de cœur de Violet.

Le samedi suivant, Violet et William étalèrent une nappe à carreaux à l'ombre d'un grand chêne à la lisière de la propriété de son grand-père. Ils déballèrent des sandwichs, du fromage et des fruits frais d'un panier en osier, riant et se taquinant.

— Tu te souviens quand je suis arrivée

en ville ? demanda Violet en gloussant, se rappelant l'air renfrogné de William lorsqu'il s'était présenté pour une inspection de sécurité incendie. Je n'aurais jamais imaginé que nous en arriverions là.

— Moi non plus, dit William, mordant dans son sandwich au jambon et au fromage. Mais je suis heureux que ce soit le cas.

Ils continuèrent à échanger des souvenirs, leurs rires résonnant dans la campagne tranquille. Au fur et à mesure que le soleil commençait à décliner dans le ciel, jetant des tons chauds sur le paysage de la petite ville, leur conversation dériva vers leurs rêves, leurs espoirs et leurs craintes.

— Y a-t-il quelque chose que tu as toujours eu envie de faire mais que tu n'as pas eu la chance de réaliser ? demanda Violet, plongeant son regard dans celui de William.

Voyager, répondit-il sans hésiter. Il y

a tellement d'endroits que je veux voir, comme l'Irlande, l'Australie ou le Japon.

— Peut-être qu'un jour nous pourrons y aller ensemble ? proposa Violet, son cœur gonflé à l'idée de découvrir de nouveaux lieux aux côtés de William.

— Peut-être, dit-il d'une voix douce et chaleureuse comme le soleil couchant.

Ils se rapprochèrent, leurs jambes se touchant sous la couverture, leurs mains se frôlant occasionnellement tandis qu'ils partageaient leurs rêves et leurs aspirations.

— Violet, je dois te dire quelque chose, lança William, soudain sérieux.

Il prit sa main dans la sienne, son pouce caressant doucement ses jointures.

— Bien sûr, qu'y a-t-il ? dit-elle, scrutant son visage à la recherche du moindre signe de détresse.

— Avant ton arrivée à Love Springs, ma vie était... un désastre. Mais depuis que je t'ai rencontrée, tout est devenu plus lumineux. Tu m'as donné envie d'être un homme meilleur.

— Will... La voix de Violet se coinça dans sa gorge, son cœur débordant d'émotions. Tu as également changé ma vie. Tu m'as aidée à sauver la ferme de mon grand-père, et tu m'as tellement appris. Mais surtout, tu m'as montré que l'amour peut naître aux endroits les plus inattendus.

— Est-ce que... sommes-nous... ? William s'interrompit, ses yeux cherchant une réponse à la question muette qui flottait entre eux.

Amoureux ?

— Profitons simplement de ce moment, Will. Nous réglerons le reste au fur et à mesure, chuchota Violet en serrant sa main avec assurance, ne voulant plus le perdre.

— D'accord, dit-il en retrouvant son sourire. J'aimerais bien.

Alors qu'ils étaient assis sous le chêne,

observant le soleil disparaître derrière les collines ondulantes, Violet pouvait ressentir l'anticipation de tous les moments qu'ils avaient déjà partagés et des instants encore plus intimes qu'elle espérait vivre avec lui à l'avenir.

CHAPITRE VINGT-SIX

Le soleil pendait bas dans le ciel ce lundi après-midi alors que Violet et William étaient agenouillés côte à côte, leurs doigts agiles cueillant les baies mûres des vignes. Leurs rires emplissaient l'air, se mêlant au bruissement rythmique des feuilles et aux chants d'oiseaux qui les entouraient.

— Bien, le dernier à remplir son panier devra tout ranger aujourd'hui, taquina Violet en donnant une petite poussée amicale à l'épaule de William.

— Ça marche ! répondit-il, les yeux pétillants d'amusement.

Mais tandis qu'il la regardait, une vague de chaleur se répandit en lui, rendant difficile la concentration sur la tâche à accomplir. La façon dont ses cheveux captaient les rayons du soleil, comme ses yeux étincelaient quand elle riait – il ne pouvait s'empêcher de se sentir attiré par elle de plus en plus, surtout avec la manière dont elle l'avait regardé ces derniers temps.

Alors qu'ils continuaient à cueillir les baies, leurs mains se frôlaient encore plus fréquemment que d'habitude, provoquant des frissons dans leur échine. Tous deux essayaient de se concentrer sur les baies, mais l'attraction magnétique et tendue entre eux était indéniable.

— Will ? dit Violet d'une voix légèrement tremblante tandis qu'elle se tournait pour lui faire face.

— Violet... répondit William, ses yeux

bruns profonds rivés aux siens, son cœur battant la chamade dans sa poitrine.

À cet instant, ils se rapprochèrent, leurs lèvres se rencontrant dans un baiser doux mais passionné qui sembla embraser le monde autour d'eux. Le temps s'arrêta tandis qu'ils se tenaient l'un contre l'autre, leurs corps étroitement pressés ensemble, les cœurs battant à tout rompre.

Lorsqu'ils se séparèrent enfin, essoufflés et rougissants, Violet leva les yeux vers William avec un regard émerveillé. — Je ne m'attendais pas... enfin, j'*espérais*, mais...

— Moi aussi, murmura William. J'ai essayé de résister à ça, mais plus nous passons de temps ensemble, plus c'est difficile.

— Est-ce que ça veut dire... tu veux qu'on... ? demanda Violet d'un ton incertain.

William hésita, puis prit une profonde inspiration, comme s'il se préparait à ce qu'il allait dire. — Tu me plais beaucoup, Violet. J'aimerais voir où cela nous mènera, si tu es d'accord.

— Bien sûr, souffla-t-elle d'une traite, son cœur gonflé de joie. Moi aussi, Will.

Alors qu'ils se tenaient parmi les rangées de buissons à baies, mains dans la main, une atmosphère d'attente fiévreuse emplissait l'air.

— Je peux te ramener à la maison ? demanda doucement William en serrant légèrement sa main. Je veux t'offrir ce que je n'ai pas pu depuis un moment. J'essaie de me retenir, de m'empêcher de t'allonger sur la couverture juste là, mais c'est une lutte, Violet. Je le veux tellement.

Violet déglutit difficilement, jetant un regard vers la couverture qu'ils utilisaient pour s'agenouiller lorsqu'ils devaient cueillir les baies basses. Aussi tentant que cela puisse être, un lit semblait beaucoup plus agréable pour leur première fois.

Et elle voulait définitivement prendre son temps avec lui...

— S'il te plaît, souffla Violet, un sourire radieux illuminant son visage. Je crois que je le veux autant que toi, Will.

CHAPITRE VINGT-SEPT

Dès que Violet accepta, William la souleva et la porta sur ses épaules, comme tout pompier était entraîné à le faire pour sauver quelqu'un d'un incendie. Certes, ce n'était pas l'usage prévu lors de son entraînement, mais cela s'avérait utile dans cette situation párticulière.

Violet gloussait, faisant mine de battre des jambes, mais il était fort et musclé, et elle ne voulait surtout pas qu'il la repose jusqu'à ce qu'ils atteignent son lit.

Sans attendre, William la porta jusqu'à

la ferme, gravissant une à une les marches du perron.

— Un peu d'aide ? demanda-t-il en lui lançant un regard malicieux tandis qu'il se penchait sur le côté.

Riant, Violet se saisit du loquet de la porte d'entrée et l'ouvrit pour lui. William la poussa du pied jusqu'à ce qu'elle soit grande ouverte puis, d'un coup de pied, la referma de la même manière. Sachant où se trouvait sa chambre, même s'ils n'y étaient jamais allés ensemble, il l'y conduisit.

Il la déposa au sol. Violet gloussant à nouveau, se tint debout, face à l'exubérant pompier. Il la dépassait de plus de quelques centimètres, mais elle aimait lever les yeux vers lui ainsi. Il avait l'air si fort et rassurant, comme si, quoi qu'il arrive, il la protégerait toujours.

— Violet, dit William en luttant pour ne pas gémir. Es-tu vraiment sûre de toi ?

Elle hocha la tête, répondant par des actes plutôt que des mots. Violet commença à déboutonner lentement son chemisier, puis le fit glisser le long de ses bras une fois terminé. Sa chemise tomba par terre derrière elle.

— À ton tour, dit-elle en lui souriant.

William plongea son regard dans le sien, avalant sa salive avec difficulté tandis qu'il déboutonnait sa propre chemise. Dès qu'elle le put, Violet glissa les mains à l'intérieur, les pressant contre son torse musculeux, appréciant la sensation de son corps fort et dur.

Une fois qu'il eut fini de retirer sa chemise, elle l'aida à se défaire de son pantalon. Lentement et délibérément, s'assurant qu'il était aussi excité qu'elle, elle défit la braguette et la fermeture éclair de son pantalon, baissant d'un coup son pantalon et son caleçon. À sa grande surprise, il était bel et bien aussi impatient qu'elle, voire davantage.

Baissant les yeux lorsque son érection jaillit, Violet laissa échapper un murmure étouffé. Ses doigts se refermèrent autour de sa queue, caressant doucement son érection tandis que son pantalon et son caleçon glissaient entièrement sur le plancher de bois.

William laissa échapper un grognement étouffé, un son qu'il ne s'attendait pas à émettre, encore moins avec elle, dans une telle situation.

— Je le veux, Will, dit Violet, lui faisant savoir à maintes reprises qu'il n'était pas le seul à ressentir cela. Tu n'as plus besoin de te retenir. Tu n'as plus à lutter, d'accord ?

William acquiesça. Quelque chose se brisa en lui. Il avait eu besoin de cela depuis très longtemps, mais il venait seulement d'en prendre conscience. Il la repoussa contre le rebord du lit. Violet laissa échapper un petit cri aigu lorsqu'elle retomba sur le matelas en rebondissant. Sans hésiter une seconde, William lui retira frénétiquement son pantalon, baissa sa culotte aussitôt après et grimpa sur le lit avec elle.

— William ! s'exclama Violet dans un souffle alors qu'il plaçait son érection pour la pénétrer. William ! Oui !

— Violet, murmura-t-il en l'embrassant avec une passion ardente et incessante.

William la pénétra, leurs corps s'unissant dans une chaleur plus brûlante que les flammes. Il relâcha toutes ses inhibitions encore et encore tandis que Violet l'encourageait, le suppliait de rester avec elle, haletant pour qu'il continue.

Ils laissèrent échapper des cris de plaisir sonores et haletants, le sien un grognement, le sien un gémissement, lorsqu'ils atteignirent l'orgasme ensemble.

Il s'installa sur son corps magnifique, chaud, doux et satisfait. Elle gisait sous son corps musculeux, levant les yeux vers lui avec émerveillement.

— C'était agréable, dit Violet en levant la main pour caresser la barbe naissante sur sa joue.

— Merci, répondit William en

repoussant une mèche de cheveux trempée de sueur derrière son oreille.

Violet sourit et se pencha pour l'embrasser, provoquant à nouveau en lui une étincelle et une réaction en chaîne. Il ne s'était pas rendu compte qu'il en avait tant besoin jusqu'à présent. Il ne s'était pas rendu compte à quel point il avait besoin d'*elle* jusqu'à présent.

— Je veux renouveler l'expérience, dit-elle en lui lançant un clin d'œil. Bientôt ?

William lui adressa un large sourire, totalement prêt à lui obéir ici et maintenant si nécessaire.

— Mais nous devons d'abord finir notre travail ! ajouta-t-elle en gloussant tandis qu'elle lui donnait une petite tape sur l'épaule.

— Plus tard alors ? la taquina-t-il.

— Absolument, approuva-t-elle.

William se redressa enfin, s'éloignant d'elle. Il la contempla, admirant sa beauté à couper le souffle, nue dans le lit. Elle rougit et leva les yeux vers lui.

Ils avaient parcouru un si long chemin, et pourtant, elle ne pouvait s'empêcher de penser que ce n'était que le début.

— Allons-y, dit William en riant tout en lui tendant la main pour l'aider à se lever du lit. Si nous ne partons pas bientôt, je ne suis pas sûr que nous réussirons à sortir de cette chambre, et encore moins à retourner dans les champs...

— Promesses, promesses... le taquina Violet en prenant sa main pour qu'il la remette sur pied.

Ils s'habillèrent à nouveau pour travailler aux champs, mais la promesse de *plus tard* planait dans tout ce qu'ils faisaient, chaque fois qu'ils se regardaient et que leurs mains se frôlaient accidentellement en cueillant les baies.

Violet avait hâte.

CHAPITRE VINGT-HUIT

$\mathcal{V}$iolet soupira en s'essuyant le front en sueur, arrachant une mauvaise herbe tenace. Ava Rodriguez, la propriétaire de la ferme de baies rivale à Love Springs, se tenait à proximité, les bras croisés sur sa poitrine et un sourire narquois se dessinant sur son visage parfaitement maquillé.

— Quelle pitié pour ces baies, dit Ava d'une voix traînante, dégoulinante d'une fausse sympathie. J'ai entendu dire que si vous ne les cueillez pas à temps, elles pourrissent tout simplement.

Violet fronça les sourcils, sachant exactement ce qu'Ava sous-entendait. La rumeur disait que sa ferme était vouée à l'échec après le décès de son grand-père. Violet était arrivée tout juste à temps pour arranger les choses quelques semaines auparavant, et ses débuts difficiles n'avaient pas aidé. Elle serra les poings, déterminée à ne pas se laisser atteindre par Ava.

— Merci de votre sollicitude, Ava, mais j'ai tout sous contrôle, répondit calmement Violet, en essayant de ne pas laisser transparaître son agacement.

— Bien sûr, bien sûr, ronronna Ava en rejetant sa chevelure sombre en arrière. Au fait, avez-vous vu *William* récemment ? J'ai entendu dire qu'il passait pas mal de temps par ici. Vous savez comment les gens jasent sur ce genre de choses.

Les joues de Violet rosirent et elle ne put s'empêcher de jeter un coup d'œil par-dessus son épaule, à la recherche du beau pompier. Depuis qu'ils avaient partagé son lit ensemble, elle se sentait constamment attirée par lui, désirant désespérément plus. Mais elle n'allait certainement pas donner à Ava la satisfaction de confirmer les ragots.

— William n'a fait que m'aider, marmonna Violet. D'ailleurs, mes fréquentations ne vous regardent pas.

— Bien sûr, dit Ava avec un haussement d'épaules trompeur, son sourire malicieux ne se fanant jamais. Rappelez-vous juste, ma chère, il ne serait pas sage de trop vous rapprocher de quelqu'un comme lui. Vous ne voudriez pas vous *brûler*, n'est-ce pas ?

Sur cette dernière pique, Ava s'éloina d'un pas nonchalant, laissant Violet à ses incertitudes. Aussi tentée qu'elle soit de rejeter les paroles d'Ava, un doute persistant s'insinua dans son esprit.

— Violet ! appela William en s'approchant, ses bras musculeux berçant des paniers remplis de baies fraîchement cueillies. J'ai réussi à faire une bonne récolte du côté le plus éloigné du champ.

Heureusement, il n'était pas arrivé lorsqu'Ava était là. Nul ne savait ce que cette femme aurait pu dire alors.

— Merci, Will, dit Violet en essayant de se débarrasser du malaise laissé par sa rivale. Mais tu n'es pas obligé de continuer à m'aider ici, tu sais ?

— Je suis toujours heureux d'aider, dit-il en lui adressant un sourire chaleureux. Tu n'es pas seule dans cette aventure, tu sais ?

Tandis qu'ils commençaient à trier les baies ensemble, Violet se surprit à jeter plus souvent des coups d'œil à William qu'elle ne voulait l'admettre. Ses mains fortes se mouvaient avec dextérité parmi les fruits, lui rappelant ce qu'elles pouvaient faire d'autre, et elle ne pouvait s'empêcher d'imaginer leurs caresses sur sa peau nue.

— As-tu déjà pensé à ce que tu ferais si tu n'étais pas pompier ? demanda-t-elle, essayant de se distraire, sa curiosité prenant le dessus.

— Je n'y ai jamais réfléchi, dit-il en haussant les épaules, s'interrompant un instant pour réfléchir. C'est ma vocation, je crois. Mais ce n'est pas un métier facile. Il y a toujours cette peur de... de perdre quelqu'un.

La vulnérabilité dans sa voix tira sur le cœur de Violet, et elle tendit la main pour effleurer ses doigts. Ils se regardèrent dans les yeux, et pendant un instant, il sembla qu'ils étaient les deux seules personnes au monde.

— Parfois, laisser quelqu'un entrer peut vous rendre plus fort, murmura-t-elle. Il est normal d'avoir peur, mais ne laisse pas cette peur t'empêcher de vivre quelque chose de beau.

Le regard de William dériva vers ses lèvres, et Violet sentit la chaleur lui monter aux joues. Elle voulait combler l'espace entre eux, goûter à la saveur sucrée de ses baies sur ses lèvres et se perdre dans son étreinte. Mais le souvenir des railleries d'Ava la retenait, et elle hésita, incertaine de la prochaine étape.

CHAPITRE VINGT-NEUF

Le soleil scintillait sur les champs de baies tandis que Violet et William continuaient à travailler côte à côte. Des oiseaux faisaient entendre leurs chants depuis les branches au-dessus d'eux, les sérénadant pendant qu'ils progressaient dans le champ luxuriant.

— Hé, Will ? lança Violet, rompant le silence confortable qui s'était installé entre eux.

— Ouais ? répondit-il, amusé, tout en continuant à cueillir des mûres et à les laisser tomber dans un panier qui les attendait.

— Tu savais que les mûres ne sont pas vraiment des baies ? On les appelle des drupes.

William rit doucement. — Eh bien, je vais être damné ! Des drupes, hein ? Qui l'aurait cru ?

— Moi, apparemment, répondit Violet, les yeux pétillants de malice. Je suis remplie de petites anecdotes comme ça. Ça vient avec le territoire d'être une productrice de baies, je suppose.

— Continues comme ça, l'encouragea-t-il, son rire réchauffant Violet jusqu'au plus profond d'elle-même.

— D'accord, et celle-ci : les framboises peuvent avoir jusqu'à cent vingt petites graines à l'intérieur. Je parie que tu ne savais pas *ça* non plus, le taquina-t-elle en lui adressant un sourire espiègle.

— Je ne le savais pas, en effet, admit-il en secouant la tête avec une fausse défaite.

Tu m'en apprends beaucoup aujourd'hui, Violet.

Tandis qu'ils continuaient à bavarder et à échanger de joyeuses anecdotes sur les fruits, la tension qui avait subsisté depuis les paroles cruelles d'Ava s'estompait. La distance involontaire qui s'était installée entre eux se réduisait, leurs contacts devenaient plus assurés et fermes, et leurs sourires, plus doux et fréquents.

— Will, si tu pouvais voyager n'importe où dans le monde en ce moment, où irais-tu ? demanda Violet, curieuse d'en apprendre davantage sur l'homme qui occupait ses pensées depuis leur première rencontre.

— N'importe où ? répéta-t-il, les yeux brillants tandis qu'il réfléchissait à sa question. J'ai toujours rêvé de voir les aurores boréales en personne. Je sais que c'est un peu cliché, mais il y a quelque chose de fascinant dans ce phénomène.

— Wouah, dit Violet, véritablement

impressionnée. Je ne t'aurais pas imaginé comme ça, du genre aurores boréales, mais ça a l'air merveilleux. J'adorerais y aller aussi.

— Peut-être qu'on pourra organiser un voyage un jour, suggéra-t-il, le coin de sa bouche se soulevant en un demi-sourire.

— Peut-être, approuva-t-elle, le cœur battant à l'idée d'une aventure rien qu'avec lui.

— C'est ton tour, lança William, impatient d'en savoir plus sur ses rêves et ses désirs à elle aussi. Où irais-tu ?

— Paris, répondit-elle sans hésiter. J'ai toujours été attirée par l'histoire, l'art et bien sûr la gastronomie de cette ville. Sans compter que c'est la Ville de l'Amour, non ?

— Ça semble parfait pour une incorrigible romantique comme toi, la taquina-t-il, mais il y avait une chaleur dans son regard qui lui fit comprendre qu'il le pensait sincèrement.

— Hé, ne te moques pas du

romantisme, rétorqua-t-elle avec espièglerie. Je pense que le monde aurait besoin d'un peu plus d'amour, de nos jours.

— Je ne peux pas te contredire sur ce point, admit-il, son regard s'attardant sur son visage pendant un long et doux moment avant de revenir à sa tâche.

CHAPITRE TRENTE

eurs rires résonnaient à travers les champs de baies pendant que Violet poussait William de l'épaule d'un air espiègle, un sourire mutin aux lèvres.

— Avoue-le, dit-elle. Tu t'amuses plus que tu ne le pensais, Monsieur Grincheux.

— D'accord, admit-il, ses yeux enfoncés pétillants d'amusement. Cueillir des baies avec toi a définitivement ses moments.

— Tu vois ? Ce n'est pas *si* terrible, dit-elle en souriant, repoussant d'un geste une mèche de cheveux rebelle avant de se tourner vers lui.

Le désir entre eux était devenu de plus en plus palpable après leur nuit magique ensemble, une attirance magnétique qui les rapprochait l'un de l'autre, tous deux avides d'en avoir davantage mais incertains de la manière d'aborder le sujet.

— Violet, murmura Will d'une voix rauque de désir en caressant doucement sa joue.

Leurs regards s'accrochèrent, et à cet instant, le monde semblait retenir son souffle.

— William, chuchota-t-elle en retour, sentant la chaleur émaner de son corps alors qu'ils n'étaient qu'à quelques centimètres l'un de l'autre.

Son cœur battait la chamade tandis qu'elle cherchait le moindre signe d'hésitation dans son regard, mais elle n'y trouva que de l'émotion brute et du désir.

La distance entre eux s'évanouit lorsque leurs lèvres se joignirent dans un baiser passionné et absorbant. Leurs bouches tachées de baies à force de grignoter se fondirent l'une dans l'autre, la douceur de leur indulgence partagée ne faisant qu'accroître l'intensité de leur étreinte. Les doigts de Violet s'emmêlèrent dans les cheveux courts de William, l'attirant plus près comme pour absorber chaque once de sa chaleur, de sa présence dominante, pendant que ses mains puissantes agrippaient sa taille, les rapprochant.

— Wow, haleta-t-elle en reprenant son souffle contre ses lèvres, les yeux écarquillés d'émerveillement. Je ne m'y attendais pas.

— Moi non plus, admit-il, ses yeux reflétant la même surprise et la même exaltation. Mais je ne m'en plains pas.

— Tant mieux, dit-elle en gloussant, les joues roses et le cœur gonflé. Parce que je veux recommencer.

— Ah oui ? dit-il d'un ton taquin, haussant un sourcil d'un air faussement dubitatif. Eh bien, qui suis-je pour refuser ce que désire la demoiselle ?

Sur ce, il se pencha à nouveau et captura ses lèvres dans un autre baiser ardent qui lui fit frissonner l'échine.

CHAPITRE TRENTE-ET-UN

Leur baiser dans les champs était tout ce que Violet avait toujours voulu et plus encore. Le corps de William, si proche du sien, était parfait, et ses lèvres savaient exactement quoi faire pour qu'elle se sente désirée.

Elle allait découvrir ce que cela signifiait à bien des égards.

William jeta un rapide coup d'œil autour de la ferme, ses yeux scrutant les alentours. Ils avaient passé la journée à cueillir des baies dans un coin isolé des champs, un endroit plus éloigné de la route, avec davantage de buissons pour les dissimuler au regard de tout passant qui aurait pu les apercevoir. Aucun d'eux n'avait prévu cela, mais le séduisant pompier profita pleinement de l'occasion.

— William ! dit Violet en gloussant tandis qu'il la soulevait aisément dans ses bras musclés. Que fais-tu... ?

William lui sourit avant de la déposer sur la couverture qu'ils avaient étalée avant de commencer à travailler dans ce secteur. Cueillir des baies impliquait de se pencher pour atteindre les fruits les plus bas, ou de s'étirer pour cueillir les plus hauts. La couverture était censée servir à protéger leurs genoux de la terre lorsqu'ils étaient accroupis, mais William en avait désormais une nouvelle utilité.

Tandis qu'elle était allongée sur la couverture, le regardant, une sensation brûlante et féroce les liait. Leurs yeux restèrent fermement ancrés l'un dans l'autre, incapables de se détourner. Sans un mot, William entreprit lentement de déboutonner son pantalon, lui souriant doucement. Elle savait qu'elle pouvait lui demander d'arrêter, qu'à n'importe quel moment, elle pouvait dire non et qu'il s'arrêterait aussitôt.

Cependant, Violet n'en fit rien. Elle le désirait tout autant que lui.

Avec précaution et délibération, William lui ôta son jean jusqu'aux chevilles, laissant sa culotte. Il écarta ses jambes et se plaça entre elles, se rapprochant de son corps. Elle s'apprêtait à dire quelque chose, mais ses mots se muèrent en un soupir lorsqu'il posa sa bouche sur sa chatte douce et sensible.

— Tu es si délicieuse, Violet, gémit William contre son corps, sa langue savourant chaque parcelle de son excitation.

— C'est... c'est pour toi, William, murmura Violet dans un gémissement rauque.

Il fit tournoyer sa langue autour de sa douceur, la savourant telle la plus exquise des baies. Elle porta la main à sa tête, entre ses jambes écartées, entremêlant ses doigts dans ses cheveux afin de le maintenir fermement.

Il ne fallut pas longtemps avant qu'elle ne halète son nom et lui dise exactement ce qu'elle s'apprêtait à faire.

Il la mena à l'orgasme, là, dans les champs, une baie sucrée et chaude que le pompier musclé et séduisant savoura. Elle voulait lui rendre la pareille, mais avant qu'elle ne puisse le faire, il recommença.

William fit glisser son pantalon jusqu'à ses genoux tandis qu'il se redressait au-dessus d'elle. Faisant pénétrer sa queue chaude et dure dans son humidité, il s'insinua en elle à son insistante demande. Violet noua ses jambes autour de lui, l'enserrant étroitement contre elle.

— Violet, je... je ne vais pas tenir longtemps, haleta William en la comblant, s'enfonçant profondément.

— Ce n'est rien, dit-elle en l'embrassant tandis qu'ils faisaient l'amour dans le champ. S'il te plaît, William. *Je t'en prie.* C'est tout ce que je veux. Je veux que tu le fasses.

Il grogna durement, donnant un dernier coup de reins avant d'exaucer son souhait. C'était beau, rude, et aussi doux qu'une fraise enrobée de chocolat. Ils restèrent allongés ensemble, échangeant de tendres baisers, s'émerveillant l'un l'autre, heureux.

Tandis qu'ils se perdaient puis se retrouvaient dans l'ivresse de leur nouvelle passion, le monde autour d'eux semblait s'effacer. Le chant des oiseaux, le bruissement des feuilles, le parfum des baies mûres ; tout se fondait dans l'arrière-plan alors que les cœurs de Violet et William battaient à l'unisson, leurs désirs enfin reconnus et concrétisés, encore et encore.

— Promets-moi que ce n'est pas qu'une aventure sans lendemain, murmura-t-elle contre ses lèvres d'une voix vulnérable et suppliante.

— Violet, chuchota-t-il en pressant son front contre le sien. Je ne pourrais jamais faire de cette relation une simple aventure. Pas avec toi.

— Tant mieux, soupira-t-elle, soulagée. Car je ne pense pas que je pourrais le supporter si tu partais maintenant.

— Crois-moi, la dernière chose à laquelle je pense, c'est de m'en aller, lui assura-t-il, ses yeux pleins de promesses tandis qu'ils échangeaient un dernier et envoûtant baiser dans la chaleur des champs d'été.

CHAPITRE TRENTE-DEUX

Le soleil déclinait dans le ciel, le crépuscule tombant sur les champs de baies. L'air était saturé du parfum des fraises et des myrtilles mûres, se mêlant à l'arôme terreux de la terre fraîchement retournée. Le rire de Violet flottait dans l'air tandis qu'elle esquivait malicieusement les tentatives de William pour lui barbouiller le nez de jus de baies.

— Will, tu n'oserais pas ! le mit-elle en garde, les yeux pétillants de joie

— Ah bon ? répliqua-t-il, la défiant de

sa voix grave, lui envoyant des frissons dans la colonne vertébrale. Tu sous-estimes mon esprit de compétition, Violet.

— Très bien, dans ce cas, nous allons jouer à ce petit jeu, rétorqua-t-elle en ramassant une poignée de baies écrasées qu'elle lui lança.

— Hé ! s'exclama-t-il en riant, s'essuyant les résidus collants du visage, ne faisant que s'en mettre davantage.

— Tu viens de me déclarer la guerre, Mademoiselle Clarke.

— Et j'accepte le défi, Monsieur Baxter, répondit-elle en lui adressant un regard provocateur à la fois exaltant et terrifiant.

Leurs rires résonnèrent à travers les champs de baies. Il semblait que le temps avait cessé d'exister pour eux deux, ne laissant que cet instant : une bulle de bonheur suspendue entre la réalité et les ombres menaçantes du passé et de l'avenir.

— Dis, Will ? demanda Violet d'une voix plus douce en plongeant son regard dans ses yeux bruns chaleureux. Crois-tu qu'on pourrait y arriver ? Toi et moi, je veux dire ?

Il hésita un battement de cœur, avant de lui replacer une mèche derrière l'oreille.

— Je ne sais pas, admit-il d'une voix empreinte de vulnérabilité. Mais je suis prêt à essayer si tu l'es aussi.

— Oui, je le veux, répondit-elle en entrelaçant leurs doigts. De toute évidence, l'univers souhaite nous voir ensemble – qui sommes-nous pour discuter avec le destin ?

— Oh, vraiment ? dit-il en riant avant de déposer ses lèvres sur sa joue, laissant une traînée de chaleur dans leur sillage.

Alors que leurs visages se rapprochaient à nouveau, la sonnerie perçante d'un téléphone vint briser leur moment intime telle une lame. Les yeux de William s'écarquillèrent d'alarme et il sortit rapidement son téléphone de sa poche.

— Allô ? répondit-il à bout de souffle, sa voix passant à un ton professionnel et sérieux qui serra le cœur de Violet.

— William, nous avons besoin de toi au poste immédiatement, ordonna une voix bourrue à l'autre bout du fil. Il y a eu un accident en ville et nous manquons d'effectifs.

— Compris, répliqua William, la mâchoire serrée. Je serai là dès que possible.

Lorsqu'il raccrocha, le poids de la réalité retomba lourdement sur eux. Se tournant vers Violet, il lui prit le visage entre les mains, ses pouces effaçant délicatement les dernières traces de jus de baies sur ses joues rosies.

— Je dois y aller, murmura-t-il.

— Bien sûr, acquiesça-t-elle en cachant sa déception. Tu as un travail à faire et des gens à sauver.

— Violet, je te promets que je trouverai un moyen pour que ça fonctionne, assura-t-il, son regard sondant le sien pour y trouver de l'assurance.

— Promis ? demanda-t-elle, le cœur lourd.

— Promis, répondit-il en scellant ce vœu d'un dernier et long baiser avant de se précipiter vers son camion, la laissant seule au milieu du bruissement des feuilles et du soleil couchant.

CHAPITRE TRENTE-TROIS

Le cœur de William battait à tout rompre, le poids de l'urgence de l'incendie pesant sur lui. La conversation détendue qu'il avait partagée avec Violet quelques instants auparavant semblait appartenir à un autre monde alors qu'il restait planté là, tiraillé entre son devoir et son désir de rester auprès d'elle, de lui faire savoir que tout irait bien.

Il sauta dans la cabine de son camion, enfonçant la clé dans le contact. La première fois qu'il tourna la clé, il la tourna trop fort, faisant tousser le moteur pendant un instant avant qu'il ne s'éteigne. La fois suivante, il respira plus lentement, plus profondément, et le moteur rugit immédiatement comme à son habitude.

Il s'apprêtait à appuyer à fond sur l'accélérateur, sachant que chaque seconde était importante dans une situation d'urgence, surtout en cas d'incendie, mais il aperçut alors quelque chose du coin de l'œil dans son rétroviseur.

— Attends ! s'écria soudain Violet depuis le côté de son camion, ce qui le fit s'arrêter au beau milieu de son mouvement. Elle se précipita vers les buissons de baies les plus proches, cueillant une baie juteuse et bien mûre sur sa tige. — Pour porter chance, dit-elle en la déposant dans la paume de sa main.

— Merci, murmura-t-il, plaçant ce petit gage de leur connexion dans la poche avant de sa chemise.

— Sois prudent, Will, le supplia-t-elle d'une voix étranglée.

— Toujours, lui assura-t-il, son regard s'attardant sur elle pendant quelques précieuses secondes de plus avant qu'il n'appuie sur l'accélérateur et se dirige vers la route, l'urgence de la situation le propulsant vers l'avant.

Violet le regarda partir, la poitrine serrée tandis qu'il disparaissait de sa vue. Elle savait qu'elle devait le laisser accomplir son devoir, mais cela ne rendait pas les adieux plus faciles pour autant. Le cœur lourd, elle se retourna vers les champs de baies, le parfum autrefois si doux des fruits mûrs désormais teinté de l'amertume du désir et de l'inquiétude.

Au loin, le camion de William rugissait, le ronronnement du moteur rappelant le danger qu'il affrontait chaque jour. Alors que le son s'estompait, Violet serra le poing autour de la poignée de baies qu'elle tenait encore, une détermination coulant dans ses veines.

— Je te le promets, murmura-t-elle pour elle-même, résolue à être là pour lui, à trouver un moyen de naviguer ensemble sur les eaux traîtresses de leur amour et de son devoir — quels que soient les défis à relever.

CHAPITRE TRENTE-QUATRE

Violet, désormais seule parmi les buissons de baies, s'est lentement laissée tomber à terre. La terre molle sous elle semblait absorber sa déception tandis qu'elle enfonçait son visage dans ses mains. Elle ressentait le poids de l'absence de Will, un vide qui résonnait dans l'air autour d'elle.

— Reste en sécurité et reviens-moi, a-t-elle murmuré dans ses mains, sa voix à peine audible même pour elle-même.

— Violet ? Une voix terriblement

familière l'a appelée, la sortant de ses pensées.

— Ava, a-t-elle répondu, essuyant rapidement ses joues striées de larmes et forçant un sourire. Bonjour.

— Tout va bien ? a demandé Ava, feignant l'inquiétude. J'ai entendu dire qu'il y avait un appel pour Will.

— Euh, oui, il était là, mais il a dû partir, a dit Violet, sa voix se brisant légèrement.

— Quelle pitié, a soupiré Ava avec moquerie, ses yeux se rétrécissant. Ça doit être si dur pour toi, de toujours te demander s'il reviendra.

— Merci Ava, mais ça va, a dit Violet en serrant les poings. J'ai confiance en lui.

— Bien sûr, a dit Ava avec un petit sourire méchant, s'éloignant avec une lueur victorieuse dans les yeux.

Chassant la piqûre des mots d'Ava, Violet s'est concentrée sur la tâche à accomplir. À chaque baie mûre qu'elle cueillait, elle se laissait envahir par l'envie de revoir William. Pendant qu'elle cueillait les baies, elle ne pouvait s'empêcher de se rappeler la façon dont ses mains s'étaient attardées sur les siennes quelques instants plus tôt, la chaleur de son toucher gravée dans sa mémoire.

— Stupide pompier sexy, a-t-elle marmonné dans un souffle, gloussant malgré elle.

— Tu as dit quelque chose ? a lancé Ava depuis quelques rangées plus loin, ses oreilles semblant entendre chaque murmure.

— Non, rien, a répondu Violet en levant les yeux au ciel.

— J'ai cru t'entendre te parler à toi-même, a dit Ava, la malice dans sa voix à peine voilée par l'humour.

— Peut-être que je préfère ma propre compagnie, a rétorqué Violet, sa frustration montant à la surface.

— Aïe, a fait Ava, feignant d'être blessée. Eh bien, profite d'être *toute seule* alors !

Alors que le soleil descendait plus bas dans le ciel, projetant de longues ombres sur les champs, Violet languissait du retour de Will. Chaque instant qui passait semblait s'étirer interminablement, et elle se surprenait à jeter des regards vers la route, espérant apercevoir son camion.

— Assez, s'est-elle grondée en secouant la tête. Il reviendra quand il le pourra. Il va bien. Il doit aller bien.

Après un dernier coup d'œil à la route déserte, Violet a reporté son attention sur les buissons de baies, le cœur lourd de regrets.

— *Promets-le-moi*, a-t-elle murmuré, ses mots implorant l'univers, le destin, quiconque voudrait bien l'entendre. Promets-moi que nous nous retrouverons. Toujours.

Le vent a bruissé dans les feuilles, la lumière déclinante jetant une lueur étrange sur les champs. C'était comme si l'air lui-même retenait son souffle, attendant une réponse qui ne venait pas.

CHAPITRE TRENTE-CINQ

William fixa la tasse de café à moitié vide sur le comptoir de la cuisine de la caserne de pompiers, le poids de la culpabilité pesant lourd sur sa poitrine. Il ne pouvait pas encore affronter Violet après leur dernière rencontre. La façon dont ses yeux noisette chaleureux s'étaient illuminés d'espoir et de confiance avait fait naître quelque chose en lui qu'il ne voulait pas encore reconnaître, et encore moins embrasser.

Une voix insistante au fond de son esprit lui rappelait à quel point il était facile de perdre les gens, tout comme l'événement tragique de son passé qui hantait encore ses rêves. Alors, il l'évitait, se renfermant sur lui-même et maintenant une routine stricte à la caserne de pompiers comme un bouclier contre la souffrance.

La seule chose qu'il avait faite après l'urgence était de l'appeler pour lui faire savoir qu'il était en sécurité. Il avait trouvé une excuse pour ne pas la voir en personne, lui disant qu'ils manquaient encore de personnel et qu'il devait rester un peu plus longtemps à la caserne. Il la préviendrait la prochaine fois qu'il pourrait passer.

Cela faisait quelques jours maintenant.

— Hé, Will ! lança Matt, un de ses collègues pompiers, en lui donnant une claque dans le dos, interrompant ses sombres pensées. Tu sembles distrait ces derniers temps, mon pote. Qu'est-ce qui se passe ?

— Rien, répondit William d'un ton

bourru, essayant de chasser l'image de Violet de son esprit. J'ai juste beaucoup de choses en tête.

— Ah, je vois, dit Matt avec un sourire entendu. Est-ce que ça aurait un rapport avec cette fille de la ferme aux baies que tu évites comme la peste ?

— Je ne veux pas en parler, gronda William, mais l'humeur de son ami ne sembla pas l'affecter.

— D'accord, d'accord, dit-il en levant les mains en signe de reddition moqueuse. Mais sérieusement, mon pote, tu ne peux pas l'éviter éternellement, surtout quand elle vit juste à Love Springs. Les petites villes ont une façon de faire se croiser tout le monde tôt ou tard, qu'on le veuille ou non.

CHAPITRE TRENTE-SIX

Violet et Brenda étaient assises à la petite table en bois de la cuisine douillette de Violet, sirotant leur tasse de thé chaud du soir. La vapeur s'élevait en spirales comme des lianes, se mêlant aux senteurs des croissants fraîchement sortis du four de la boulangerie Love's Delight en ville et des baies mûres qui embaumaient la pièce.

— Violet, dit Brenda d'une voix douce mais ferme, tu mérites quelqu'un qui est disposé à s'ouvrir à toi et à rester à tes côtés. Mais j'ai remarqué la façon dont

William te regarde, et je crois sincèrement qu'il tient profondément à toi. Il a peut-être seulement besoin de plus de temps pour surmonter ses propres problèmes.

Violet soupira, son regard se perdant par la fenêtre d'où elle pouvait voir les rangées de buissons de baies s'étendant sur sa propriété. Elle n'avait pas seulement hérité de la ferme de son grand-père défunt, mais aussi de sa détermination inébranlable.

— Parfois, j'ai l'impression d'attendre que l'orage passe, murmura-t-elle. Et je ne suis pas sûre de pouvoir tenir encore bien longtemps.

— L'amour n'est pas toujours facile, ma chérie, lui confia Brenda en lui serrant la main d'un geste rassurant. Mais ça vaut la peine de se battre si tu y crois.

— Crois-moi, je connais un rayon sur le sujet de la lutte pour l'amour, plaisanta Violet, provoquant un sourire entendu de Brenda.

— Alors tu sais que la patience et la

compréhension sont essentielles, poursuivit Brenda. En même temps, tu ne dois pas oublier de communiquer tes propres besoins et tes limites à William. Une relation est un partenariat, après tout.

Violet acquiesça, ses yeux reflétant la lueur vacillante des bougies tandis qu'elle réfléchissait aux paroles de Brenda. Elle savait qu'elle ne pouvait pas s'attendre à ce que William lise dans ses pensées, et peut-être n'avait-elle pas été aussi franche sur ses émotions qu'elle l'aurait voulu.

— Peut-être que je l'inviterai à dîner, proposa-t-elle, une lueur espiègle dans les yeux. Nous pourrons discuter de ce que nous voulons et de ce dont nous avons besoin autour d'un repas fait maison, et qui sait, je pourrais même le convaincre de danser sous les étoiles avec moi. J'ai toujours rêvé de faire ça avec quelqu'un...

— Voilà une façon parfaite d'abattre quelques barrières émotionnelles, approuva Brenda en souriant. Mais n'oublie pas, Violet, l'amour est un voyage. Il est semé d'embûches et de virages, mais avec de la patience, de la compréhension et une communication ouverte, vous pouvez tout accomplir ensemble.

— Merci, Brenda, dit Violet avec reconnaissance, le cœur plus léger qu'il ne l'avait été depuis des semaines. Tu sais toujours trouver les mots pour me remonter le moral.

— L'expérience, ma chérie, répondit Brenda en lui faisant un clin d'œil, vidant sa tasse de thé avant de se lever. Je ferais mieux d'y aller. Mais n'oublie pas, si tu as besoin d'une oreille attentive ou d'une épaule pour pleurer, tu sais où me trouver.

— Bien sûr, acquiesça Violet en serrant Brenda dans ses bras avant de la raccompagner à la porte.

Alors qu'elle regardait Brenda s'éloigner, Violet ne pouvait s'empêcher de ressentir un regain d'espoir pour ce que Will et elle pourraient vivre ensemble.

Prenant une profonde inspiration, elle se retourna vers sa maison, une lueur de détermination brillant dans ses yeux. Elle serait patiente, et elle s'assurerait que William sache à quel point il comptait pour elle. Et qui sait, peut-être qu'ils parviendraient à trouver leur fin heureuse cachée au milieu des buissons de baies et sous le ciel étoilé.

CHAPITRE TRENTE-SEPT

*L*e lendemain, travaillant seule sur la ferme, Violet était déterminée à ne pas laisser l'évitement de William la décourager. Elle savait désormais qu'il y avait plus chez le pompier grincheux que ce qu'il laissait paraître.

Tandis qu'elle s'occupait des rangées de buissons à baies sur la ferme de son défunt grand-père, elle réfléchissait aux moyens de percer à nouveau les défenses de William. Si seulement elle pouvait trouver un moyen pour qu'ils se connectent à un niveau plus profond, peut-être pourraient-ils s'aider mutuellement à guérir.

— Allez, Violet, marmonna-t-elle tout en cueillant des myrtilles bien mûres des buissons. Tu peux y arriver. Tu as affronté des plantes épineuses et des mauvaises herbes têtues, tu peux sûrement gérer un pompier grincheux et obstiné.

Ses mains se déplaçaient habilement à travers les buissons, remplissant son panier de baies dodues et juteuses, tandis qu'elle formait un plan dans son esprit. Si William ne venait pas à elle, alors elle devrait trouver un moyen de l'attirer dans son univers, même si cela signifiait se montrer créative.

— Bien, dit-elle, une lueur déterminée dans les yeux. Voyons si ces baies peuvent opérer un peu de magie.

CHAPITRE TRENTE-HUIT

Le soleil matinal brillait sur le marché animé de Love Springs. Elsie Martin, la femme aimable et accueillante qui dirigeait le marché, était fière de la façon dont il rassemblait la ville. Elle avait un don pour repérer les talents et encourager les potentiels, guidant ceux qui avaient besoin d'aide vers la réussite.

— Bonjour, Aurora, dit Elsie en souriant à l'une de ses habituées. Je vois que ces belles tomates ont attiré ton œil.

— En effet, répondit Aurora. Il n'y a

rien de mieux qu'une salade de tomates et mozzarella fraîche par une chaude soirée d'été. Randall m'a demandé d'en acheter. Ce sont ses préférées.

Violet se frayait un chemin parmi les étals colorés, le cœur battant dans sa poitrine alors qu'elle serrait son grand panier de baies fraîchement cueillies. Aujourd'hui était le jour où elle mettrait son plan à exécution. Comme William l'évitait à chaque fois, elle avait décidé de créer une opportunité de se rapprocher de lui en apportant elle-même ses baies au marché. Elle savait que les pompiers s'arrêtaient souvent ici pendant leur pause déjeuner, elle aurait donc certainement une chance d'engager la conversation avec lui.

— Allez, Violet, murmura-t-elle. Il est temps de déployer ton charme.

Tandis qu'elle installait son nouvel étal de baies, l'esprit de Violet imaginait différents scénarios et échanges spirituels. Elle se voyait mentionner nonchalamment ses expériences d'hybridation de baies, entamées après avoir lu les notes de son grand-père, piquant ainsi l'intérêt de William et l'attirant plus près.

— Hé, Violet ! lança Elsie en s'approchant de son étal, tirant Violet de ses pensées. Ces baies ont l'air absolument délicieuses ! Je suis ravie de t'avoir enfin ici.

— Merci, Elsie, répondit Violet en rayonnant. J'ai travaillé dur à la ferme, essayant d'honorer l'héritage de mon grand-père. J'ai pensé que je devrais passer et vous présenter le nouveau visage derrière ses baies.

— Ton grand-père serait tellement fier de toi, ma chérie, dit Elsie en lui tapotant affectueusement la main. Maintenant, voyons si tu réussis à faire des ventes !

Violet passa la matinée à discuter avec les clients, son enthousiasme pour ses baies se révélant contagieux. Tout ce temps, elle gardait un œil sur la silhouette familière en uniforme de pompier.

— Concentre-toi, Violet, se morigéna-t-elle tandis que son attention vacillait. Tu es là pour vendre des baies et tisser des liens, n'oublie pas ?

Alors que l'heure du déjeuner approchait, elle les vit — l'équipe de la caserne de pompiers, avec William marchant parmi eux. Son cœur fit un bond, mais elle se ressaisit et afficha son plus séduisant sourire. Tandis que les hommes s'approchaient, elle cueillit une de ses baies hybrides expérimentales dans le panier et la brandit comme un trophée.

— Je vous présente la loganberry de Love Springs ! annonça-t-elle, sa voix résonnant dans le marché. Une friandise à la fois douce et légèrement acidulée qui vous fera assurément tomber amoureux !

William marqua un temps d'arrêt, croisant son regard un bref instant avant de détourner les yeux, une nuance de rougeur colorant ses joues. Et juste comme ça, la première étincelle du romantisme s'était rallumée...

CHAPITRE TRENTE-NEUF

Au fur et à mesure que le soleil montait dans le ciel, Violet arriva une fois de plus au marché local de Love Springs, portant encore plus de paniers remplis à ras bord de baies dodues et vibrantes. Le parfum des fruits mûrs se mariait parfaitement avec l'arôme terreux des légumes frais et la douce fragrance des pâtisseries maison des autres étals, créant un mélange enivrant qui fit grogner l'estomac de Violet.

— Bonjour, Violet ! lança Elsie en la voyant approcher, ses yeux verts amicaux pétillant sous sa coiffure décoiffée de boucles grises. Qu'est-ce que tu nous as apporté aujourd'hui ?

— Salut, Elsie, répondit Violet, reprenant son souffle. J'ai apporté ma dernière récolte de baies, dont de nouvelles variétés hybrides sur lesquelles j'ai travaillé grâce aux notes de mon grand-père. Des Framboise de Ronce et des mûres Boysen.

— Fantastique ! J'ai hâte d'y goûter ! s'exclama Elsie en frappant joyeusement dans ses mains. Elle adorait aider les gens de Love Springs à présenter leurs talents et leur travail acharné, et elle ne doutait pas un instant que les baies de Violet feraient un carton. Installons ta table.

— Merci, Elsie, dit Violet en affichant un sourire déterminé.

Elle savait que vendre ses baies sur le marché non seulement augmenterait ses ventes, mais lui offrirait également plus d'occasions de renouer avec William.

Pendant ce temps, de l'autre côté du

marché, William ressentait une attirance inexplicable vers le stand de baies de Violet. Il n'arrivait pas vraiment à mettre le doigt dessus, mais quelque chose dans sa présence réveillait en lui des sentiments qu'il avait essayé de dissimuler ces derniers jours, des sentiments qu'il avait depuis longtemps enfouis au plus profond de lui-même avant de la rencontrer - des sentiments qu'il s'était efforcé de refouler depuis que son tragique passé l'avait laissé meurtri et méfiant envers les attaches émotionnelles.

Violet avait changé tout cela, et il n'était pas sûr qu'il puisse y avoir de retour en arrière désormais, peu importe à quel point il essayait.

— Hé, Will, l'interpella l'un de ses collègues pompiers, le sortant de ses pensées. Tu viens déjeuner avec nous aujourd'hui ?

— Euh, ouais, d'accord, grogna William en détournant les yeux du stand de Violet.

— Super ! On pourra goûter ces nouvelles baies dont tout le monde parle, suggéra son collègue, inconscient du conflit qui faisait rage en William.

Alors qu'ils s'approchaient du stand de Violet, William sentit son rythme cardiaque s'accélérer et ses paumes devenir moites. Il savait qu'il devait l'éviter - se rapprocher de quelqu'un était un risque qu'il ne pouvait se permettre dans son métier - mais il y avait quelque chose chez elle qui l'attirait comme un papillon de nuit vers une flamme.

— Salut, Will, dit timidement Violet, ses yeux noisette étincelants. Tu n'as pas encore goûté à la mûre de Love Springs? C'est un mélange unique de douceur et d'acidité, tout comme quelqu'un que je connais.

— Euh, non, je n'ai pas encore essayé, balbutia William, déconcerté par son audace.

Il ne pouvait s'empêcher d'être touché par elle, même s'il essayait de le nier.

— Tiens, goûtes-en une, dit-elle en rougissant, lui tendant une baie généreuse et juteuse.

— Merci, marmonna-t-il en prenant la baie et la mettant dans sa bouche.

Alors que les saveurs riches et complexes dansaient sur sa langue, il ne put s'empêcher d'être impressionné. Et tandis qu'il plongeait dans les yeux avides et pleins d'espoir de Violet, il sentit quelque chose se déplacer en lui - peut-être était-il temps, juste peut-être, de laisser partir ses peurs et de se donner une seconde chance au bonheur.

— Délicieux, murmura-t-il, en transe, alors que le visage de Violet s'illuminait comme le soleil du matin.

CHAPITRE QUARANTE

William se tenait à la périphérie du marché animé, une moue crispée aux coins de la bouche. Il observait Violet de loin tandis qu'elle riait et bavardait avec Elsie Martin, cette dernière étant occupée à aider quelqu'un à organiser un étalage de produits frais éclatants. Son cœur souffrait de ne pouvoir les rejoindre, mais il se tenait immobile, enraciné sur place par le poids accablant de la peur qui le suivait comme une ombre oppressante.

— Will ? C'est bien toi ? lança Violet en l'apercevant.

Ses yeux noisette pétillaient de chaleur et de curiosité, lui serrant douloureusement la poitrine.

— Euh, salut, répondit-il en tentant de paraître décontracté, lamentablement échoué.

Aussi désireux qu'il était de lui reparler, l'angoisse nouée au creux de son être rendait la chose presque impossible. Il força un sourire sur son visage, mais celui-ci ressemblait davantage à une grimace.

— Viens par ici et parle-nous ! insista Violet d'une voix chaleureuse et engageante. Elsie me racontait justement les nouvelles recettes qu'Aurora élabore à la boulangerie Love's Delight.

— D'accord, fit William d'un ton hésitant, avançant d'un petit pas, puis d'un autre.

Avant de s'en rendre compte, il se tenait aux côtés des deux femmes, se sentant maladroit et exposé.

— Ravi de te revoir Will, lança aimablement Elsie, consciente que le pauvre homme avait traversé bien des épreuves.

— Merci Elsie, grogna-t-il en hochant légèrement la tête.

— As-tu déjà goûté mes nouvelles baies ? demanda Violet en désignant l'étalage coloré sur la table. Elles sont absolument délicieuses !

— Euh, non, pas encore, avoua-t-il en lui jetant un bref regard tandis qu'elle croquait une grosse tummelbaye rouge et juteuse.

— Tiens, dit-elle en lui en offrant une avec un sourire. Tu devrais vraiment les essayer. C'est fabuleux.

— D'accord, fit-il en acceptant délicatement la baie de ses doigts, savourant la saveur sucrée et aigrelette qui explosait sur sa langue. Ouah, c'est vraiment bon, en effet.

— Tu vois ? Je te l'avais dit ! s'exclama Violet, rayonnante, les yeux pétillants de joie.

— Violet me parlait justement de ses projets pour la ferme, intervint Elsie, sentant le malaise de William et essayant de l'inclure dans la conversation. Elle envisage de lancer une nouvelle gamme de confitures et de conserves à base de ces baies.

— Ah oui ? fit-il, sincèrement intrigué.

Plus il passait de temps auprès de Violet, plus il lui devenait difficile de maintenir ses barrières émotionnelles. Il risqua un autre regard vers elle, remarquant l'éclat qui illuminait son visage lorsqu'elle évoquait ses rêves et ses ambitions. Il avait toujours aimé cela chez elle.

— Absolument, répondit-elle d'une voix débordante d'enthousiasme. Je crois que ça pourrait vraiment décoller, surtout si l'on trouve des saveurs uniques que les gens n'ont jamais goûtées auparavant.

— Ça semble être une excellente idée,

approuva-t-il, se laissant lentement entraîner dans la conversation.

À chaque instant qui passait, il sentait les plus infimes fissures se former dans les murs qu'il avait tenté de rebâtir autour de son cœur – des fissures qui menaçaient de laisser entrer la lumière, la chaleur et l'amour qu'il s'était si longtemps refusé.

— Peut-être que tu pourrais aider Violet à trouver des idées, Will, suggéra malicieusement Elsie. Tu as de bonnes papilles, et je suis sûre que tu aurais des suggestions intéressantes.

— Qui sait ? ajouta Violet en lui donnant une gentille tape sur le bras. Ça pourrait même être amusant.

— Peut-être, acquiesça-t-il d'un ton hésitant, le cœur battant la chamade.

Elles ébranlaient ses défenses, et bien que chaque fibre de son être lui criait de fuir, il se surprenait à vouloir rester – à prendre une chance sur le bonheur, une fois encore.

CHAPITRE QUARANTE-ET-UN

Les yeux de Violet s'écarquillèrent lorsqu'elle contempla les baies dans ses mains, une idée folle lui traversant l'esprit. Elle ne put s'empêcher de laisser échapper un petit gloussement en considérant la possibilité.

— Hé, Will, dit-elle en se tournant vers lui avec un sourire malicieux. J'ai une idée pour une nouvelle confiture de baies.

William haussa un sourcil, sa curiosité piquée malgré ses réserves. — Ah oui ? Laquelle ?

— Combinons quelques-unes de nos meilleures baies et créons quelque chose qui te représente, dit Violet avec enthousiasme.

— Moi ? s'étonna William, décontenancé par cette soudaine attention.

Son cœur s'accéléra, l'incertitude et l'intérêt se disputant en lui.

— Oui ! répondit Violet, les yeux pétillants. Tu fais tellement partie de cette ville, et je pense que ce serait formidable d'avoir quelque chose qui rende hommage à toi et au travail acharné que tu accomplis.

— D'accord, acquiesça-t-il avec hésitation, observant Violet combiner méticuleusement les saveurs de ses confitures les plus juteuses, mélangeant habilement différentes textures et couleurs.

Il admira sa concentration et sa créativité, ressentant une étrange chaleur se répandre dans sa poitrine.

— La voilà ! s'exclama Violet avec

fierté, présentant sa création. La confiture avait une couleur rouge profonde et vibrante, avec une légère nuance enfumée, et sa teinte unique semblait incarner la force et la résilience que William portait en lui. — Je vais l'appeler… la Confiture du Pompier Grincheux !

William ne put s'empêcher de rire à ce nom inattendu, les rides se formant aux coins de ses yeux. Mais sous l'amusement, une pointe de culpabilité et de peur le rongeait. Le fait que Violet ait pensé à créer quelque chose en son honneur le toucha profondément, mais cela lui rappela aussi à quel point il avait à perdre s'il la laissait entrer dans sa vie.

— La Confiture du Pompier Grincheux, hein ? dit-il en essayant de garder sa voix légère malgré le tourbillon d'émotions qui l'agitait. Je ne savais pas que j'étais *si* râleur.

— Peut-être pas *tout* le temps, répondit Violet avec un sourire taquin. Mais c'est certainement une partie de ton charme.

— J'ai du charme ? Tu inventes, maintenant, plaisanta William, bien qu'intérieurement, il luttait contre l'attirance grandissante pour Violet.

Il avait essayé de garder ses distances avec elle, pour son propre bien, mais plus il tentait de s'éloigner, plus elle refusait de l'accepter.

Son hommage spécial, aussi inattendu et inhabituel soit-il, le faisait se sentir vu et apprécié d'une manière qu'il n'avait pas connue depuis des années. Et aussi tentant que soit de se protéger d'une potentielle peine de cœur, il ne pouvait nier le lien puissant qui s'était formé entre eux et qui se renforçait depuis des mois maintenant.

— Peut-être, répondit-elle avec malice, ses yeux ne le quittant pas. Mais sérieusement, Will, je pense que cette confiture pourrait être quelque chose de spécial, tout comme toi.

Alors que William contemplait la Confiture du Pompier Grincheux, il réalisa que, peut-être, il pourrait prendre le risque de laisser quelqu'un entrer à nouveau dans sa vie. Il ne le saurait jamais s'il n'essayait pas – et avec Violet à ses côtés, il se sentait enfin prêt à affronter la peur qui l'avait tenu captif si longtemps.

CHAPITRE QUARANTE-DEUX

Ava Rodriguez se tenait dans l'ombre de son bureau du centre-ville, serrant une tasse de café tandis qu'elle contemplait les rues animées de Love Springs. La ville était en effervescence devant le dernier succès de la petite ville – Violet Clarke et sa florissante ferme de baies. Les dents d'Ava se serrèrent à cette pensée, sa jalousie bouillonnant comme un café brûlant sous son extérieur glacial. Elle but une gorgée amère de sa tasse, la chaleur ne faisant rien pour adoucir le froid dans son cœur.

— Bonjour, Mlle Rodriguez, dit une voix timide, la saluant depuis l'entrée.

— Bonjour, Lila, lança sèchement Ava en se tournant vers son assistante. Du nouveau d'intéressant à rapporter ?

— En fait, il y a des nouvelles concernant la ferme de Violet, dit Lila d'un air hésitant, tendant à Ava une page du journal local.

Le gros titre disait :

« La ferme de baies locale prospère sous une nouvelle direction. »

— Bien sûr, marmonna Ava entre ses dents en lisant l'article. Une idée commença à prendre forme dans son esprit, attisant le feu de la vengeance en elle. Lila, je veux que tu lances une petite rumeur pour moi.

— Une rumeur, madame ? demanda Lila, les sourcils froncés d'inquiétude.

— Rien de trop méchant, juste quelque chose pour égaliser les chances, affirma

Ava d'un ton dégagé. Dis à tout le monde que Violet Clarke utilise des produits chimiques nocifs sur ses cultures. Ça devrait faire réfléchir les gens à deux fois avant d'acheter ses précieuses baies.

— Êtes-vous sûre que ce soit une bonne idée ? demanda Lila, clairement mal à l'aise avec le plan. Elle ne le fait pas, n'est-ce pas ?

— Peu importe qu'elle le fasse ou non. Fais-moi confiance, Lila, c'est brillant, lui dit Ava. Maintenant, au travail. Nous avons une entreprise à faire tourner et une jeune nuisance à remettre à sa place.

CHAPITRE QUARANTE-TROIS

— Hé, Monsieur Pompier Grincheux, lança Violet avec un sourire charmeur alors que William s'approchait une fois de plus de son stand de baies. Ça vous dirait de goûter quelque chose de sucré et de juteux ?

— Ne me tente pas, grommela-t-il, mais un petit sourire se dessina malgré lui au coin de ses lèvres.

Il attrapa une baie et la mit dans sa bouche, savourant l'explosion de saveurs sucrées sur sa langue.

— Waouw, elles sont vraiment bonnes, admit-il en regardant Violet avec une expression impressionnée. Vous avez un don magique avec ces baies.

— Merci, dit-elle, ses joues rosissant de bonheur. Ça compte beaucoup venant de vous. Maintenant, mises à part nos flirts, que diriez-vous d'une petite balade ensemble dans le marché ? J'aimerais vous montrer quelques-uns de mes stands préférés.

— D'accord, répondit William, hésitant mais acquiesçant. J'en suis.

Il ne pouvait s'empêcher de continuer à se sentir attiré par cette belle femme, même si chaque instinct lui disait de rester loin d'elle.

Tandis qu'ils déambulaient ensemble dans le marché, ils s'arrêtèrent devant divers étals, riant de leurs blagues aguicheuses et échangeant des histoires sur leur vie dans la petite ville. Ils débattirent des mérites des cornichons faits maison par rapport à ceux du commerce et se taquinèrent mutuellement sur leurs compétences culinaires — ou leur manque de compétences.

— Attendez, vous me dites que vous ne savez pas du tout cuisiner ? demanda Violet, incrédule, les yeux écarquillés.

— Hé, je n'ai jamais dit ça ! protesta William en feignant l'offense. Je sais faire un délicieux sandwich grillé au fromage... parfois.

— *Parfois ?* dit Violet en riant, secouant la tête. Eh bien, peut-être que je devrai vous apprendre une chose ou deux dans la cuisine.

— Peut-être que tu le feras, dit William, son cœur battant à l'idée de passer du temps en privé avec Violet à nouveau.

La peur qui l'avait autrefois retenu commençait à s'estomper, remplacée par un sentiment grandissant d'espoir et de possibilités.

— Promets-moi quelque chose, Will, dit soudain Violet, son expression sérieuse tandis qu'elle plongeait son regard dans le sien. Promets-moi que tu essaieras toujours de voir le bon en toi, même quand c'est difficile.

— Violet..., murmura-t-il. Il hésita un moment, puis hocha la tête, la voix lourde d'émotion. Je te le promets.

— Bien, dit-elle en lui souriant chaleureusement. Parce que je crois en toi, Monsieur Pompier Grincheux. Et je pense que nous pouvons accomplir de grandes choses ensemble.

Alors qu'ils continuaient à se promener main dans la main dans le marché, William savait au plus profond de lui que Violet avait raison. Pour la première fois depuis des années, il se sentait vraiment vivant — et avec elle à ses côtés, rien ne leur était impossible. Le soleil brillait haut dans le ciel, baignant le marché animé d'une douce lumière de l'après-midi, et en cet instant, tout semblait possible.

CHAPITRE QUARANTE-QUATRE

Au marché des fermiers de Love Springs, Violet se tenait derrière son stand de baies dodues et juteuses, rayonnant de fierté. À ses côtés, William s'appuyait contre la table, une lueur taquine dans les yeux tandis qu'il la regardait interagir avec ses clients.

— Violet, ces baies sont absolument délicieuses, s'extasia une femme. Continuez votre bon travail !

— Je vous remercie infiniment ! répondit Violet, les joues roses de bonheur.

Tandis que la femme s'éloignait, William éclata de rire. — Vous faites vraiment votre nom à Love Springs.

— Grâce à vous, dit Violet en lui donnant une bourrade amicale. Je n'aurais pas pu y arriver sans votre aide, vous savez.

Leur moment de célébration fut interrompu par un vieil homme qui s'approchait du stand.

— Est-ce vrai ce qu'on dit ? leur demanda-t-il, la voix tremblante de colère. Vous utilisez des produits chimiques nocifs sur vos cultures ? Vous nous empoisonnez tous ?

— Je vous demande pardon ? balbutia Violet, abasourdie par l'accusation.

— J'ai entendu ça de Lila, à la ferme d'Ava, dit l'homme, le visage cramoisi d'indignation. N'essayez pas de nier ! Elle a dit que vous vous moquiez des habitants de Love Springs et que vous vous contentiez de faire un profit rapide sur notre malheur avant de déménager !

— Monsieur, je vous assure que ce n'est *pas* vrai, protesta Violet, les yeux remplis de larmes blessées. Mon grand-père a construit cette ferme sur les principes d'honnêteté et de travail acharné. Je ne ferais jamais rien pour blesser qui que ce soit ou compromettre la qualité de nos produits ou son héritage.

— Dans ce cas, vous feriez mieux de trouver un moyen de le prouver ! le prévint l'homme avant de s'éloigner à grands pas.

— Qui aurait pu lancer une rumeur aussi vicieuse ? demanda Violet à haute voix, le cœur brisé à l'idée de perdre la confiance de la communauté.

— Ça semble être quelque chose qu'Ava Rodriguez ferait. Elle a probablement monté Lila contre vous, dit William, la mâchoire crispée de colère. Ne vous inquiétez pas, Violet. Nous allons tirer cette affaire au clair, et nous nous assurerons que tout le monde connaisse la vérité sur votre ferme.

— Merci, Will, chuchota-t-elle, reconnaissante de son soutien. Je ne sais pas ce que je ferais sans toi.

CHAPITRE QUARANTE-CINQ

Une brise chaude bruissait dans les hautes herbes de la ferme aux baies, apportant avec elle le doux parfum des fruits mûrs. Violet se tenait sous une rangée particulièrement luxuriante de buissons de framboises, les mains tachées de rouge d'avoir cueilli les délicates baies. Chaque jour qui passait, elle se sentait de plus en plus attachée à William alors qu'ils passaient à nouveau du temps ensemble, leur lien se renforçant encore plus alors qu'ils baissaient tous deux leur garde.

Après l'accusation au marché local, elle avait décidé de faire une pause et de se concentrer à nouveau sur la ferme. Heureusement, William avait proposé de venir l'aider comme il le faisait autrefois.

— Hé, Violet ! l'appela William en trottinant vers elle, un large sourire sur le visage. Je crois avoir perfectionné ma technique de cueillette des mûres. Tu veux voir ?

C'était le Will qu'elle avait tant manqué. C'était l'homme qu'elle avait voulu voir revenir vers elle.

Violet gloussa, s'essuyant les mains sur son tablier. — Bien sûr ! Montre-moi ce que tu as appris.

— Prépare-toi à être épatée, dit-il en l'entraînant vers un buisson voisin chargé de mûres bien mûres. Avec des gestes habiles et exercés, il en cueillit plusieurs sans en écraser une seule. — Tu vois ? Aucune victime.

— Très impressionnant, Will, dit-elle

en gloussant devant son expression triomphante.

Alors qu'ils travaillaient côte à côte dans la ferme, la conversation facile entre eux se poursuivit, emplissant l'air de rires et de taquineries légères.

Mais à mesure que le soleil descendait plus bas dans le ciel, projetant de longues ombres sur la ferme, l'humeur de William commença à changer. Il devint plus silencieux, le front plissé comme perdu dans ses pensées. Sentant ce changement d'humeur, Violet toucha doucement son bras, une lueur d'inquiétude dans les yeux.

— Tout va bien, Will ? demanda-t-elle doucement, son regard scrutant son visage à la recherche de réponses.

William hésita un instant avant de secouer la tête, comme s'il essayait de se débarrasser de pensées indésirables.

— Pas vraiment, non, admit-il d'une voix à peine plus haute qu'un murmure. Il y a quelque chose que je voulais te dire, mais j'ai peur que ça ne change la façon dont tu me vois.

Violet serra son bras d'un geste rassurant, ses yeux noisette emplis de chaleur et de compréhension. — Je suis là pour t'écouter, Will. Tu peux tout me dire.

Prenant une profonde inspiration, William se confia enfin, les mots sortant comme l'eau d'un barrage lâché.

— Quand je débutais comme pompier, il y a eu cet incendie de maison, dit-il d'une voix chargée d'émotions. Celui dont je t'avais parlé. La famille était coincée à l'intérieur, et j'ai réussi à sauver les parents, mais... leur petite fille... Sa voix se brisa et il déglutit difficilement avant de poursuivre. Je n'ai pas pu l'atteindre à temps. Après la dernière intervention, quand je t'ai laissée ce jour-là à la ferme, j'ai recommencé à faire des cauchemars à ce sujet. Sauf que cette fois, dans mon rêve, c'était toi que je n'arrivais pas à sauver.

Le poids de sa culpabilité pesait

lourdement entre eux, et le cœur de Violet se serra pour lui. Elle tendit la main, saisissant la sienne dans un geste réconfortant.

— Tu ne peux pas te blâmer pour ce qui s'est passé à l'époque, Will, lui dit-elle. Tu as fait tout ce que tu pouvais, et je suis sûre que les parents te sont reconnaissants pour ton courage. Je suis là, moi aussi. Ce n'est qu'un rêve.

— Peu importe le nombre de fois où je me le répète, la culpabilité ne s'en va pas, dit-il, ses yeux bruns brillants de larmes contenues. C'est pour ça que je suis devenu si strict et discipliné au travail, que j'ai érigé ces murs autour de moi. Je ne veux plus que personne d'autre soit blessé à cause de mes erreurs. Je ne veux pas que *tu* sois blessée à cause de moi.

— Will, dit doucement Violet en prenant son visage entre ses mains et le forçant à croiser son regard. Nous avons tous notre passé traumatique, des choses que nous voudrions pouvoir changer ou faire différemment. Mais cela ne veut pas dire que tu n'es pas digne d'amour ou de bonheur. Tu es un homme formidable, et je suis tellement reconnaissante de t'avoir rencontré. Tu ne me feras pas de mal.

Alors qu'ils se regardaient dans les yeux, quelque chose changea en William - un sentiment de soulagement le submergea tandis qu'il se permettait d'être véritablement vulnérable avec Violet.

CHAPITRE QUARANTE-SIX

*V*iolet était assise sur la balancelle de la véranda, le soleil projetant une douce lueur sur son visage tandis qu'elle fermait les yeux et prenait une profonde inspiration. Le parfum des fleurs de baies embaumait l'air, lui rappelant les innombrables étés passés à cueillir des fruits avec son grand-père lorsqu'elle était plus jeune. Si seulement elle avait rencontré Will à cette époque, qu'aurait-il pu se passer entre eux ?

En ouvrant les yeux, elle le trouva

appuyé contre la rambarde de la véranda, l'observant avec un doux sourire qui atteignait ses yeux bruns.

— Je peux me joindre à toi ? demanda-t-il d'une voix empreinte de timidité.

— Bien sûr, répondit-elle en tapotant l'espace libre à ses côtés. J'aime passer du temps avec toi.

Lorsque William s'assit, leurs épaules se frôlèrent, provoquant un frisson dans le dos de Violet. Ils se balancèrent doucement, savourant le silence confortable entre eux avant que William ne prenne la parole.

— Violet, je voulais te remercier d'avoir été si compréhensive concernant mon passé, dit-il doucement, sa vulnérabilité évidente dans la façon dont ses mains s'agitaient sur ses genoux. Ça compte beaucoup pour moi d'avoir quelqu'un à qui me confier.

— Will, je suis toujours là pour t'écouter, le rassura Violet. Nous avons tous nos cicatrices, mais elles ne nous définissent pas. Ta force et ton dévouement sont ce qui m'a attirée vers toi dès le départ.

William sourit, ses yeux brillant de gratitude. — Tu sais, nous avons quelque chose en commun. Mon père m'emmenait pêcher quand j'étais jeune, tout comme ton grand-père t'a appris à cueillir les baies. Ces souvenirs sont inestimables pour moi aujourd'hui. C'est l'un de mes plus heureux souvenirs. Je voulais simplement partager cela avec toi.

— Vraiment ? s'exclama Violet, les yeux étincelants d'excitation. Faisons un pacte – nous continuerons à créer de nouveaux souvenirs heureux ensemble.

— Ça marche, acquiesça William en serrant sa main tandis qu'ils échangeaient des sourires chaleureux.

— D'ailleurs…, hésita Violet en se mordillant la lèvre inférieure. Que dirais-tu d'essayer de nouveau cette histoire de fréquentation ? Je ne voulais pas aborder le sujet trop tôt, mais tu m'as un peu manqué, alors...

— Violet, dit William, sa voix empreinte d'un mélange d'appréhension et d'espoir. Je ne peux pas te promettre que mon passé n'essaiera pas de nous hanter, mais je suis prêt à me battre pour notre bonheur si tu l'es aussi. Si tu veux bien me reprendre.

— Alors c'est réglé, déclara Violet avec un sourire radieux comme le soleil. Nous affronterons ensemble ce qui se présentera à nous.

— Ensemble, répéta William, son cœur gonflé d'un espoir et d'un amour renouvelés.

Ils restèrent ainsi, côte à côte sur la balancelle, leurs rires se mêlant à la douce brise d'été. Et alors que la fin d'après-midi laissait place à la soirée, le soleil se couchant et l'obscurité envahissant le ciel, elle prit la main de son beau et sexy pompier et le conduisit à l'intérieur de sa maison.

Il déglutit difficilement lorsqu'elle l'entraîna dans sa chambre sans un mot.

— Ça va ? demanda Violet en le regardant avec espoir, ainsi que la porte encore ouverte.

— Plus que ça, répondit William en refermant la porte d'un coup de pied avant de la soulever dans ses bras et de l'emmener vers son lit.

CHAPITRE QUARANTE-SEPT

Cela faisait une éternité qu'ils n'avaient pas fait l'amour. Tellement de choses s'étaient passées entre eux depuis lors.

Violet gloussait pendant que William la portait jusqu'au lit, mais dès qu'ils y furent, elle avait d'autres projets en tête pour lui.

Lorsqu'il la déposa, elle se tourna pour lui faire face, levant les yeux vers son regard sombre.

— Je veux que tu te sentes bien cette

fois, Will, dit-elle. Je veux que tu saches à quel point tu es important pour moi.

Il déglutit en la regardant, hochant la tête.

— J'aimerais ça, lui dit-il.

Et elle se mit au travail. En gloussant, elle poussa son pompier sexy sur le lit. Il retomba sur le bord du lit en rebondissant avant de s'immobiliser. Lorsqu'elle s'attaqua à son pantalon, il l'aida en soulevant les hanches pendant qu'elle défaisait le bouton et la fermeture éclair. Elle fit glisser son pantalon et son sous-vêtement le long de ses jambes, puis enleva ses chaussures une par une avant d'arracher complètement son pantalon et son sous-vêtement, laissant ses vêtements en tas à ses pieds.

Quand William commença à retirer sa chemise, Violet écarta rapidement ses cuisses et s'agenouilla. Il était définitivement prêt pour elle. Avant qu'il ne s'en rende compte, Violet enroula ses doigts autour de sa queue dure et brûlante, la caressant vers le bas avant d'enrouler ses lèvres autour de lui.

William gémit, sa chemise à moitié enlevée. Il se hâta de l'ôter complètement et la jeta par terre avec le reste de ses vêtements.

— Violet ! lâcha-t-il dans un souffle, tandis qu'elle œuvrait sur sa queue, lui faisant comprendre à quel point elle voulait qu'il se sente bien.

Elle le goûta, faisant tourner sa langue autour du sommet comme s'il s'agissait d'une fraise recouverte de crème fouettée et qu'elle voulait savourer chaque délicieux centimètre. William respirait de plus en plus fort, son érection se tendant et palpitant dans sa main. Continuant à le pousser jusqu'aux limites et au-delà, elle finit par avoir une délicieuse goulée de la plus douce des lait imaginables.

William grogna, libérant sa tension contenue. Une fois fini, Violet s'écarta, lui souriant tout en se léchant les lèvres.

— Merci de m'avoir laissée faire ça,

dit-elle en le taquinant, gloussant doucement.

— Ça faisait trop longtemps, dit William en lui souriant. Je n'ai pas terminé, Mademoiselle Clarke.

— Oh ? commença-t-elle à demander, mais à ce stade, il était beaucoup trop tard.

William se leva, l'enlaçant et la serrant contre lui. Il se débarrassa rapidement de ses vêtements, révélant sa beauté nue en un rien de temps. Son érection, sa chaleur, son désir pour elle ; ils ne faiblissaient jamais. Elle pouvait sentir son ardent besoin palpitant, pressé entre ses cuisses alors qu'ils se tenaient si intimement proches.

Sans un mot, sans la moindre hésitation, William la souleva dans ses bras. Violet enroula fermement ses jambes autour de sa taille. Lorsqu'elle descendit un peu plus bas, il était parfaitement aligné, son lait sur sa baie. Elle laissa échapper un soupir satisfait quand il la fit descendre sur sa queue, son corps voulant chaque centimètre de lui en elle.

Il la soulevait et l'abaissait, la réclamant comme sienne, en ayant besoin ici et maintenant. Après quelques poussées urgentes, il la porta jusqu'au lit, tous deux s'unissant parfaitement.

— Violet, murmura William contre ses lèvres, l'embrassant passionnément tandis qu'il lui faisait l'amour, corps, cœur et âme.

Violet laissa échapper un son, ayant désespérément besoin d'achever ce qu'ils avaient commencé ensemble. Elle a gémit quand il la pénétra profondément. Enroulant ses jambes encore plus serrées autour de lui, elle le serra si fort, si près, qu'il ne pouvait pas s'écarter même s'il essayait.

William la pénétra profondément, se frottant contre elle, atteignant l'orgasme pour la deuxième fois en à peine quelques minutes. Violet haleta et se tortilla sur le lit, son propre orgasme survenant peu après.

Ils restèrent là, s'embrassant, ne voulant ni se séparer ni se détacher l'un de l'autre, jusqu'à finalement s'endormir dans les bras l'un de l'autre, confortables, heureux et proches.

CHAPITRE QUARANTE-HUIT

Violet était assise sur la balancelle du porche, tordant nerveusement une mèche de ses cheveux bruns ondulés, tandis que William faisait les cent pas devant elle. Les doux rayons du soleil couchant baignaient la ferme dans une douce lueur violette, contrastant avec la tension qui régnait dans l'air.

— Will, il faut qu'on fasse quelque chose, dit Violet, ses yeux noisette remplis de détermination. On ne peut pas laisser Ava continuer à répandre des mensonges sur la ferme. Je ne peux plus me cacher ici en espérant que les rumeurs s'arrêteront.

— Je suis d'accord, dit-il en se frottant pensivement la mâchoire robuste. Et si on engageait une agence de relations publiques pour contrecarrer ces mensonges ? Ils pourraient créer une campagne mettant en avant l'amour et le dévouement que tu portes à tes baies. On pourrait faire une publicité à diffuser sur la chaîne de télévision locale.

— Crois-tu que ça marcherait ? demanda Violet en se mordillant la lèvre, incertaine.

— Il n'y a qu'un seul moyen de le savoir, répondit-il en lui adressant un clin d'œil malicieux. De toute façon, c'est mieux que de rester ici sans rien faire.

— D'accord, faisons comme ça, dit-elle en lui souriant, leur nouvelle complicité romantique devenant indéniable. Mais on devrait aussi améliorer notre stratégie marketing, pour que les gens connaissent la vérité sur nos produits.

— Excellente idée, approuva William d'un signe de tête. On fera en sorte que tout le monde sache que tes baies sont les meilleures de Love Springs.

— Es-tu sûr d'être prêt à tout ça ? demanda Violet en plongeant son regard dans le sien pour y déceler la moindre hésitation. Je ne veux pas t'entraîner dans mes problèmes.

— Hé, dit-il doucement en posant ses mains musclées sur ses épaules. Tu ne m'entraînes nulle part. Je veux être là pour t'aider parce que je crois en ce que tu fais, et parce que tu comptes pour moi.

— Merci, chuchota-t-elle, le cœur gonflé de gratitude. Ton aide signifie tout pour moi.

— Toujours, Violet, dit-il en plongeant son regard dans le sien.

Les jours suivants furent un tourbillon d'activité, Violet et William travaillant sans relâche pour protéger la ferme de baies. Ils étudièrent des stratégies marketing, rencontrèrent une agence de relations publiques locale et passèrent des heures à réfléchir à des idées pour mettre en avant la qualité de leurs produits dans une prochaine publicité.

— Hé, Violet, qu'est-ce que tu penses d'organiser une journée portes ouvertes ? demanda William un soir, les cheveux encore humides de sa journée de travail dans les champs. On pourrait inviter la communauté à voir comment les baies sont cultivées et récoltées. Tout serait à ciel ouvert pour que chacun puisse constater.

— Parfait ! s'exclama Violet en applaudissant joyeusement. Comme ça, ils verront de leurs propres yeux qu'on n'utilise aucun produit chimique nocif sur nos cultures. Avec la publicité, ça devrait vraiment faire l'affaire.

— Exactement, approuva-t-il en lui souriant, satisfait de son enthousiasme. On en fera un événement amusant, avec des dégustations de baies, des visites guidées de la ferme et peut-être même un peu de musique live.

— Faisons-le, dit-elle, les yeux brillants d'excitation. Ensemble, on montrera la vérité à tous et on protégera la ferme.

— Absolument, renchérit William avec conviction. On surmontera les tentatives de sabotage d'Ava et on en ressortira plus forts que jamais.

Tandis qu'ils se mettaient au travail pour organiser la journée portes ouvertes, Violet ressentit un regain d'espoir. Avec William à ses côtés, ils affronteraient tous les défis, leur amour et leur passion pour la ferme de son grand-père les unissant d'une manière qu'elle n'avait jamais connue auparavant.

— À nous, dit Violet en levant son verre de limonade aux myrtilles maison.

— À nous, approuva William en trinquant avec elle.

CHAPITRE QUARANTE-NEUF

Le soleil s'était couché depuis longtemps sur la petite ville pittoresque. Seuls les réverbères éclairaient désormais les rues pavées du centre-ville où Violet et William se promenaient côte à côte. C'était leur premier rendez-vous officiel, et ils avaient passé la soirée dans un pub local confortable, où ils avaient partagé un bon repas, des rires et des histoires de leur vie avant que le destin ne les réunisse à Love Springs

— Tu pensais vraiment que j'allais

laisser cette chèvre manger mes précieuses azalées ? demanda Violet, les yeux remplis d'humour.

— Hé, je devais au moins essayer ! répondit William en riant, ses larges épaules se soulevant sous l'hilarité. Après tout, c'est toi qui m'as dit d'être plus ouvert aux nouvelles expériences.

— C'est vrai, admit Violet, lui donnant une petite tape amicale avec son coude. Mais je voulais dire essayer de nouveaux aliments ou faire de la randonnée, pas lâcher des animaux de la ferme dans les jardins des voisins sans méfiance.

— Leçon retenue, convint William en lui souriant tandis qu'ils poursuivaient leur promenade tranquille.

La nuit était baignée par le doux bruit des criquets et le murmure lointain de la rivière, créant une atmosphère de sérénité qui les enveloppait comme une douce couverture. L'air était chaud et embaumait l'odeur de l'herbe couverte de rosée et des fleurs en pleine floraison.

Malgré les rires et les plaisanteries légères, Violet ne pouvait s'empêcher de remarquer les subtils signes de tension sur le visage de William. De temps en temps, son front se plissait et son regard se perdait au loin, comme absorbé par des pensées invisibles qui semblaient peser lourdement sur son esprit.

— William, dit-elle prudemment, sa voix douce mais inquiète. Tout va bien ? Tu as l'air... anxieux à propos de quelque chose.

Il hésita un instant, son regard brun profond croisant le sien avant de s'en détourner.

— Excuse-moi, Violet, répondit-il doucement, ses doigts traçant distraitement les contours d'un galet lisse qu'il avait ramassé sur leur chemin. C'est juste que... eh bien, je me sens mal à l'aise ces derniers temps. Comme si quelque chose de mal allait arriver.

— Quelque chose te tracasse en

particulier ? insista-t-elle, ses yeux noisette remplis d'inquiétude.

— Rien de précis, admit William en passant ses doigts dans ses cheveux bruns courts. Je crois que c'est juste mon passé qui me rattrape. Tu sais comment c'est – nous avons vécu tellement de choses, et parfois j'ai l'impression que la vie réserve toujours d'autres défis cachés au coin de la rue.

Violet tendit la main pour serrer doucement la sienne, lui offrant un sourire rassurant.

— Quoi qu'il arrive, nous l'affronterons ensemble, tu te souviens ? dit-elle. Nous sommes plus forts ensemble.

— C'est vrai, approuva-t-il, son visage s'adoucissant tandis qu'il lui rendait son sourire. Ensemble.

CHAPITRE CINQUANTE

Le lendemain de leur premier doux rendez-vous, Ava Rodriguez se tenait avec confiance à la tête d'une petite foule rassemblée devant la ferme de baies de Violet, ses yeux bruns perçants balayant les visages des personnes qu'elle avait réussi à convaincre de rejoindre sa cause. Elle tenait un mégaphone dans sa main et, alors qu'elle le portait à sa bouche, elle ne pouvait s'empêcher de ressentir un sentiment de satisfaction.

Si cela ne fonctionnait pas, rien ne le

ferait. Et, dans l'expérience d'Ava, cela fonctionnerait *définitivement*. La ferme de Violet et sa réputation seraient absolument ruinées après aujourd'hui.

— Amis, voisins, concitoyens ! tonna Ava dans le mégaphone, sa voix résonnant à travers le champ. Nous sommes ici aujourd'hui parce que nous nous soucions de Love Springs, de notre communauté et de la sécurité de la nourriture que nous consommons. Nous ne resterons pas les bras croisés pendant que quelqu'un comme Violet Clarke empoisonne nos familles avec des produits chimiques nuisibles !

La foule murmura son approbation, certains brandissant même des pancartes faites maison avec des slogans comme « Plus de poison ! » et « Violet = Méchante ».

— Aidez-moi à répandre la nouvelle ! poursuivit Ava, les yeux brillants de détermination. Laissez des critiques négatives en ligne, dites-le à vos amis, assurez-vous que tout le monde connaisse la vérité sur la méchante ferme de baies de Violet !

Pendant ce temps, à l'intérieur de la maison de la ferme, Violet et William profitaient d'un moment tranquille ensemble autour de tasses de thé fumantes lorsqu'ils entendirent la soudaine agitation à l'extérieur.

— Will, tu entends ça ? demanda Violet, ses yeux noisette écarquillés par l'inquiétude. Que se passe-t-il ?

— Reste ici, je vais aller voir, dit William, son instinct protecteur entrant en jeu.

Il sortit, pour se retrouver face au groupe de manifestants organisé par Ava.

— Incroyable, marmonna-t-il entre ses dents, les poings serrés le long du corps.

— Will ? Qu'est-ce que c'est ? appela Violet de l'intérieur, incapable de contenir plus longtemps sa curiosité.

— Viens voir par toi-même, dit-il avec gravité.

Violet le rejoignit sur le perron, son cœur s'enfonçant à la vue de la scène devant elle.

— Comment a-t-elle pu faire ça ? murmura-t-elle, les larmes lui piquant les yeux.

— Parce qu'elle est désespérée et qu'elle sait que tu représentes une menace, dit William, la voix ferme. Mais nous ne la laisserons pas gagner, d'accord ? Nous allons riposter.

— En faisant quoi ? demanda Violet, se sentant complètement vaincue.

— En montrant à tout le monde que ta ferme est bâtie sur l'amour, le travail acharné et, surtout, l'honnêteté, dit-il en la serrant contre lui. Nous serons au-dessus de ses tactiques mesquines. La publicité commence à passer à la télévision aujourd'hui et la journée portes ouvertes est bientôt, aussi.

Alors qu'ils se tenaient là, enlacés l'un contre l'autre, Violet ne pouvait s'empêcher d'être reconnaissante pour le soutien indéfectible de William. Avec lui à ses côtés, elle savait qu'ils pourraient surmonter n'importe quelle tempête qu'Ava pourrait leur envoyer.

— Merci, murmura-t-elle contre sa poitrine. Ensemble, nous pouvons y arriver.

— Bien sûr que oui, approuva-t-il en déposant un doux baiser sur son front. Maintenant, mettons-nous au travail.

Et d'une manière ou d'une autre, malgré les tentatives désespérées d'Ava, quelque chose d'incroyable se produisit plus tard dans la journée.

Cela se poursuivit tout au long de la semaine alors que la publicité passait sur la chaîne de télévision locale, montrant à tous la fierté et l'engagement de Violet envers la ferme de son défunt grand-père. La publicité ne racontait pas une histoire sur la vente de baies, mais sur la construction d'une communauté.

Au moment où la journée portes ouvertes arriva, les gens faisaient la queue devant la ferme de baies pour avoir une chance de la voir par eux-mêmes. La publicité avait piqué leur intérêt et leur avait rappelé le travail acharné et l'implication du grand-père de Violet dans Love Springs pendant toutes ces années. L'engagement de Violet à poursuivre son héritage les avait inspirés.

Après, après une journée réussie à montrer à tous les habitants de la petite ville à quel point la ferme comptait pour elle, elle fit un signe d'au revoir aux derniers traînards qui ne pouvaient s'empêcher de s'extasier sur leur amour pour ses baies.

— Tu vois ? lui dit William, une étincelle de fierté brillant dans ses yeux alors qu'il se tenait à côté d'elle, lui tenant la main.

— Merci, murmura Violet en retour, essayant de ne pas pleurer. Je... je suis tellement heureuse, Will. Je suis tellement contente que tu sois là avec moi en ce moment.

près le succès du premier spot publicitaire de Violet à la télévision locale et le fait que la journée portes ouvertes s'était déroulée sans anicroche, William lui avait demandé si elle voulait célébrer en allant à un second rendez-vous avec lui.

— Qu'en penses-tu, Will ? lui avait-elle demandé en riant aux éclats et en levant les yeux au ciel.

Désormais, ils se tenaient au bord de la jetée baignée par la lueur de la lune, leur rire se répercutant sur les eaux calmes tandis qu'ils se taquinaient joyeusement. Une douce brise ébouriffait les cheveux noirs de William et leur apportait le parfum du petit lac de la ville, se mêlant à la légère senteur de parfum aux baies de Violet. Celle-ci s'appuyait contre la rambarde en bois, les yeux pétillants pendant qu'elle lui racontait une histoire amusante de son enfance.

— D'accord, d'accord, haleta William entre deux éclats de rire, s'essuyant une larme au coin de l'œil. C'est sans aucun doute la chose la plus drôle que j'ai entendue de la semaine.

— N'est-ce pas ? gloussa Violet, les joues rosies par l'amusement. Je veux dire, qui aurait cru que de jeunes veaux pouvaient causer un tel chaos ?

— Certainement pas tes voisins ! renchérit-il en riant à nouveau avant de prendre un moment pour simplement admirer sa vue – la façon dont ses lèvres s'incurvaient en un radieux sourire, la façon dont ses cheveux attrapaient à merveille les rayons de la lune.

Il ressentait une immense gratitude pour cet instant et le bonheur qu'il apportait, malgré le malaise sous-jacent qui subsistait entre eux de temps à autre, peu importe à quel point il essayait de ne pas s'en faire.

À ce moment-là, le téléphone de William vibra dans sa poche, brisant la tranquillité de la nuit. Après un regard désolé en direction de Violet, il sortit son portable et décrocha. — Allô ?

— Will, on a besoin de toi au commissariat – il y a eu un accident, lui annonça une voix pressante à l'autre bout du fil.

— J'arrive, dit-il.

Il raccrocha abruptement, le visage pâle tandis que le poids de la situation s'abattait sur lui.

— Tout va bien ? s'enquit Violet, inquiète.

— C'est une urgence, parvint à dire

William d'une voix tendue.

Le regard de Violet se porta sur ses poings serrés, remarquant la tension dans ses épaules et l'inquiétude qui assombrissait ses yeux bruns profondément enfoncés. Elle avait envie de le réconforter, mais elle savait que ce n'était pas le moment. À la place, elle hocha doucement la tête pour montrer qu'elle comprenait.

— Vas-y, l'encouragea-t-elle gentiment. Je sais que tu dois y être.

— Merci Violet, murmura-t-il, plongeant brièvement son regard dans le sien avant de se détourner.

Tandis que William se précipitait vers son pick-up, le rire et la chaleur de leur soirée s'étaient évanouis, remplacés par l'étreinte familière de la culpabilité et les ombres de son passé. Il ne pouvait s'empêcher de se demander si cette urgence était la chose même qu'il avait redoutée — un autre obstacle que la vie avait placé sur leur chemin. Et bien que Violet lui ait promis qu'ils l'affronteraient ensemble, la peur de la perdre dans le processus continuait de le hanter.

CHAPITRE CINQUANTE-DEUX

— Will, attends ! lança Violet tandis qu'il commençait à s'éloigner.

William hésita un instant, se retournant vers elle avec un mélange d'amour et d'incertitude.

— Y a-t-il quelque chose que je puisse faire ? demanda-t-elle, son expression empreinte d'une réelle inquiétude. Puis-je t'aider ?

Elle ne supportait pas de voir l'homme qu'elle aimait dans la détresse, et ne pouvait non plus imaginer le laisser affronter seul cette urgence.

William secoua la tête, lui offrant un triste sourire.

— Pas cette fois, Violet, répondit-il doucement. Mais merci. Je reviendrai cependant. Je te le promets.

— Très bien, dit-elle en soupirant, son front se plissant de frustration devant son inutilité. Promets-moi d'être prudent.

— Toujours, répondit-il en la gratifiant d'un sourire désinvolte.

Après quoi, William se détourna et se dirigea vers son camion, laissant Violet debout, le cœur battant d'inquiétude. La douce lumière des réverbères semblait s'assombrir, projetant de longues ombres qui s'étendaient sur le bitume telle une sombre tenaille cherchant à les enserrer tous les deux.

Tandis que Violet regardait William disparaître dans la nuit, elle ne put s'empêcher de penser à la rapidité avec laquelle la vie pouvait changer de cours, passant de la joie à la crainte en l'espace d'un seul instant. C'était ce dont Will s'était toujours inquiété. C'était ce que la mère de Will avait dû affronter à chaque fois que son père partait pour une urgence lorsqu'il était enfant.

Le souvenir de leur conversation légère et flirteuse, et la chaleur de sa main sur la sienne quelques minutes auparavant, lui semblaient désormais un rêve lointain, remplacé par la froide réalité de son expression soucieuse et de sa posture tendue.

— Je vous en prie, que tout aille bien, murmura-t-elle pour elle-même, enroulant ses bras autour de son buste comme pour essayer de préserver la chaleur qu'ils avaient partagée plus tôt dans la soirée.

Tandis que Violet regagnait sa voiture, elle ne put s'empêcher de repasser dans sa tête leurs conversations précédentes, souriant à leurs taquineries enjouées et leurs aveux sincères échangés. La nuit avait été remplie de tant de promesses et de potentiel, seulement pour être interrompue par un soudain coup du sort.

— Reste fort, Will, pensa-t-elle en repartant, le cœur lourd d'inquiétude mais encore empli d'espoir grâce à l'amour qui avait éclos entre eux malgré tout. Nous traverserons cette épreuve ensemble.

CHAPITRE CINQUANTE-TROIS

Le lendemain matin, William et Violet se trouvaient à l'hôpital local, attendant avec anxiété devant la salle d'urgence. Un autre pompier, James, avait eu un grave accident pendant son service, et William ne parvenait pas à se défaire de la culpabilité qu'il ressentait de ne pas avoir été là quand c'était arrivé.

— Hé, lui dit doucement Violet en serrant sa main tandis qu'ils étaient assis côte à côte sur les chaises en plastique inconfortables. Tu sais que ce n'est pas ta faute, n'est-ce pas ?

William plongea son regard dans ses yeux remplis d'un mélange d'amour et d'inquiétude, et hocha lentement la tête.

— J'aurais simplement voulu pouvoir faire quelque chose pour empêcher cela.

— Parfois, certaines choses nous échappent, lui dit Violet en écartant une mèche de ses cheveux de son visage. Mais nous sommes là maintenant, ensemble, et nous surmonterons cette épreuve. Ton ami a besoin de toi, et je suis là aussi pour toi.

Ses paroles esquissèrent un léger sourire sur les lèvres de William, mais l'inquiétude persistait dans son regard. Tandis qu'ils attendaient des nouvelles sur l'état de James, le couple tenta de détendre l'atmosphère avec leurs habituelles reparties spirituelles.

— Tu t'attendais à ce qu'on passe le matin après notre deuxième rendez-vous à l'hôpital ? demanda Violet d'un ton taquin.

— Définitivement pas ce que j'avais prévu, dit William en riant, tandis qu'il étirait ses bras musclés au-dessus de sa tête. J'aurais dû opter pour le mini-golf à la place.

— Ou peut-être le cours de danse que j'avais suggéré ? ajouta-t-elle en lui donnant un léger coup de coude joueur.

Il lui sourit en retour, appréciant la façon dont elle parvenait toujours à amener un peu de lumière, même dans les moments les plus sombres. Leur rire fut cependant de courte durée lorsque le médecin émergea finalement de la salle d'urgence, l'air sombre.

— Monsieur Baxter ? appela le médecin, et William se leva, le corps tendu.

— C'est moi, répondit-il d'une voix légèrement tremblante. Comment va-t-il ?

— James est stable pour le moment, mais son état reste critique, expliqua le médecin. Nous devrons le garder ici pour une observation et des examens complémentaires.

— Puis-je le voir ? demanda William, le visage empreint d'inquiétude.

— Bien sûr, dit le médecin en les guidant dans un couloir stérile bordé de portes closes.

Tandis qu'ils entraient dans la chambre, Violet resta en retrait, laissant un peu d'intimité à William pour parler doucement à son ami inconscient. Elle l'observa alors que les larmes coulaient sur ses joues, sa forte façade s'effritant l'espace d'un instant. C'est alors qu'elle réalisa la profondeur de leur lien – elle avait vu un aspect de lui que peu de gens avaient l'occasion de contempler.

— Merci d'être là, lui dit William en revenant vers elle, s'essuyant le visage du revers de la main. Je ne sais pas ce que je ferais sans toi.

— Hé, on est dans le même bateau, tu te souviens ? lui rétorqua Violet en passant un bras autour de sa taille. Quoi qu'il arrive, on y fera face ensemble.

Leurs regards se croisèrent, et pendant un bref instant, le poids du monde sembla s'alléger de leurs épaules.

— Rentrons à la maison, dit William d'une voix chargée d'émotions.

— La maison a l'air parfait, répondit Violet en prenant sa main tandis qu'ils quittaient l'hôpital.

CHAPITRE CINQUANTE-QUATRE

Après quelques jours, James était toujours en convalescence à l'hôpital mais son état n'était plus critique. William s'était inquiété et tourmenté le premier jour, mais travailler dans la ferme de baies avec Violet semblait l'avoir aidé à se calmer.

Elle s'était d'abord inquiétée pour lui. Elle craignait que William ne la fuie à nouveau, se réfugiant dans sa vieille habitude d'auto-dénigrement, incapable de faire face, mais heureusement elle n'avait rien à craindre. Maintenant que l'état de James s'améliorait, c'était presque comme si William était redevenu son moi habituel.

Violet en était soulagée, mais elle s'inquiétait toujours d'Ava et de ce qu'elle pourrait bien comploter ensuite. Pour une raison quelconque, elle ne pensait pas que cette femme s'arrêterait aux mensonges et aux rumeurs.

— Violet, rentre ! l'appela-t-il depuis la fenêtre de la cuisine. Tu as travaillé toute la matinée. J'ai préparé du café.

— Merci, Will, dit-elle en essuyant la sueur de son front et en laissant derrière elle ses plants de baies.

En entrant dans la chaleureuse ferme qui appartenait autrefois à son grand-père, les épaules de Violet se détendirent à la senteur familière du café fraîchement infusé qui flottait dans l'air.

— Assieds-toi, dit-il avec un clin d'œil espiègle, lui tendant une tasse fumante. Je sais que tu t'inquiètes encore pour Ava, mais nous traverserons cette épreuve ensemble. Tu le sais, n'est-ce pas ?

— Bien sûr, dit-elle en sirotant le café chaud, sentant sa chaleur se répandre dans son corps. Je ne peux juste pas croire qu'Ava irait aussi loin pour essayer de me ruiner.

William l'entoura de son bras, l'attirant contre lui.

— Eh bien, nous ne la laisserons pas gagner, lui dit-il. Tu continueras simplement à fournir à tes clients les meilleures baies et le meilleur service de la ville.

Ses yeux dansaient, déterminés, et Violet ne put s'empêcher de sourire devant sa résolution.

— C'est vrai, approuva-t-elle en prenant une autre gorgée de son café. Concentrons-nous sur ce que nous faisons de mieux, et le reste suivra.

— Exactement, dit-il en la serrant contre lui avant de la libérer de son étreinte. Maintenant, planifions notre prochain événement communautaire. La journée portes ouvertes a été un succès. Les gens adorent les dîners de la ferme à la table. Que dirais-tu d'une collaboration avec d'autres fermes avoisinantes pour des produits locaux et un dîner dans les champs ?

— Excellente idée ! s'exclama Violet, enthousiaste à cette perspective. Tout le monde verra que nous sommes dévoués non seulement à la ferme de baies, mais aussi à la communauté.

— Exactement, approuva William en lui souriant. Et nous nous assurerons que tout le monde sache que tes baies sont non seulement exemptes de pesticides mais aussi cultivées de manière durable.

— Ah, d'ailleurs, je devrais mettre à jour le site Web et les médias sociaux aussi, ajouta Violet, les yeux brillants d'enthousiasme.

— Parfait, approuva William en se penchant pour un doux et long baiser.

Ensemble, nous montrerons à Love Springs que tu es là pour rester.

— Alors, au travail, dit Violet avec détermination tandis qu'ils se levaient et commençaient à planifier leur prochaine étape.

CHAPITRE CINQUANTE-CINQ

Ava se tenait à la lisière de sa propriété, observant avec incrédulité l'afflux de gens vers la ferme de Violet. Sa mâchoire se crispait tandis qu'elle regardait Violet et William travailler côte à côte, leurs rires portés par la brise. Malgré les tentatives d'Ava pour les saboter, leur entreprise continuait de prospérer.

— Incroyable, marmonna-t-elle, les yeux plissés de frustration. Que dois-je faire pour les faire tomber ?

Son regard se promena sur sa propre ferme de baies, jadis la fierté et la joie de Love Springs. Aujourd'hui, elle semblait pâlir en comparaison du succès florissant de Violet. Ava ne pouvait supporter l'idée que sa rivale l'éclipse, et cela attisait son désir désespéré de vengeance.

— Peut-être que tu devrais essayer d'être *gentille* pour changer, lança une voix derrière elle, dégoulinante de sarcasme.

Ava se retourna pour découvrir Maria, une de ses employées les plus anciennes, appuyée contre la barrière.

— Maria, ce n'est pas le moment de plaisanter, lança Ava d'un ton sec, son irritation palpable. J'ai besoin de faire quelque chose de radical pour regagner mes clients.

— Radical ? Comme quoi ? demanda Maria en haussant un sourcil sceptique. Tu as déjà répandu de fausses rumeurs et organisé des protestations. Que peux-tu faire de plus ?

— N'est-ce pas évident ? dit Ava, un sourire mauvais se dessinant sur son visage. Si je ne peux pas la battre, je la *détruirai*. Elle marqua une pause, savourant cette pensée. J'engagerai quelqu'un pour vandaliser sa précieuse ferme.

— Tu es sérieuse ? s'exclama Maria, les yeux écarquillés d'incrédulité. C'est bas, même pour toi.

— Les temps désespérés appellent des mesures désespérées, répliqua Ava froidement. Et si ça ne te plaît pas, tu peux partir.

— Très bien, renâcla Maria en levant les mains d'exaspération. Mais ne viens pas pleurer vers moi quand ce plan se retournera contre toi.

— Fais-moi confiance, ça n'arrivera pas, dit Ava avec un ricanement sinistre.

Tandis que Maria s'éloignait à grands pas, Ava saisit son téléphone et se mit à faire défiler ses contacts, à la recherche de quelqu'un d'assez sans scrupules pour mener à bien son plan néfaste.

— Ah, le voilà, marmonna-t-elle en tapant sur un nom qui lui arracha un sourire méchant. Rick sera parfait pour ce boulot.

— Allô, Rick ? minauda Ava au téléphone, sa voix dégoulinant de miel. J'ai un petit travail pour toi, très bien payé. Es-tu intéressé ?

— Bien sûr, je suis toujours partant pour l'action, répondit la voix rude de Rick. Que dois-je faire ?

— Rien de compliqué, dit Ava, ses yeux brillants de malice tandis qu'elle observait la ferme de baies grouillante de Violet. Je veux que tu vandalises la ferme de ma concurrente. Et je veux que ce soit fait cette nuit.

— Considère que c'est fait, répliqua Rick d'une voix emplie d'une sombre intention.

— Parfait, approuva Ava en raccrochant le téléphone.

Elle ne put s'empêcher de sourire en imaginant le chaos qui s'abattrait sur la ferme de Violet au matin. Bientôt, pensa-t-elle, la victoire sera à nouveau mienne.

CHAPITRE CINQUANTE-SIX

Violet se tenait parmi les rangées de plants de framboises sur la ferme de son défunt grand-père, les mains teintées d'un rouge éclatant par les fruits juteux. Le soleil brillait chaudement dans le ciel, projetant une ombre mouvante sur le sol tandis que le vent bruissait à travers les feuilles. Son cœur se gonflait de fierté et d'amour pour cet endroit qu'elle s'était consacrée à faire renaître après la mort de Papy Tom.

— Hé, Violet ! lança William.

Il s'approcha d'elle, s'essuyant le front

du revers de la main. Ses yeux bruns foncés pétillaient d'enthousiasme.

— Salut Will, répondit Violet en le saluant d'un sourire, ses yeux s'illuminant à sa vue. Comment avancent les myrtilles ?

— À merveille, dit-il en souriant tout en tenant un petit panier rempli de baies bien mûres et juteuses. Je pense que tu auras une récolte record cette année.

— Vraiment ? Ce serait formidable ! Nous avons réussi à accomplir tellement en si peu de temps. J'ai bien besoin de toute la chance possible, dit-elle en lui souriant. Je ne te remercierai jamais assez, Will. Je n'aurais rien pu faire sans toi.

— Hé, ça a été un plaisir, répondit-il en rougissant légèrement. D'ailleurs, c'est plutôt agréable de faire quelque chose de différent. J'ai vraiment apprécié t'aider à la ferme. Je pense que ça m'a aidé à traverser certaines choses moi aussi.

Ils continuèrent à travailler côte à côte, leur rire et leurs plaisanteries emplissant l'air. Ils passaient méthodiquement d'un plant à l'autre, cueillant les baies les plus mûres et les plaçant soigneusement dans leurs paniers.

— Ah, j'en ai manqué une, dit Violet en tendant le bras pour attraper une framboise particulièrement juteuse dissimulée derrière une feuille.

Pendant qu'elle s'étirait, elle perdit l'équilibre et chancela vers l'avant.

— Attention, lança Will en se précipitant pour la rattraper avant qu'elle ne tombe.

Leurs regards se croisèrent un bref instant, et à ce moment-là, ils ressentirent tous les deux cette étincelle familière et électrisante qui passait entre eux. Cela arrivait beaucoup plus souvent ces derniers temps, et elle adorait ça. Les joues de Violet rosirent profondément tandis que Will se raclait la gorge et l'aidait à retrouver son équilibre.

— Merci, balbutia-t-elle, le cœur

battant. Je ne suis pas aussi gracieuse que je le pensais, on dirait.

— Hé, ne t'en fais pas, lui dit-il avec un sourire détendu illuminant ses traits ciselés. Parfois, nous avons tous besoin de quelqu'un pour nous rattraper quand nous trébuchons.

Alors qu'ils reprenaient leur travail, la quiétude de la ferme les enveloppait, créant une atmosphère idyllique difficile à trouver ailleurs. Le doux parfum des baies mûres embaumait l'air, se mêlant à l'arôme terrien de la terre sous leurs pieds. C'était un endroit où ils pouvaient oublier leurs soucis, ne serait-ce que pour un moment, et simplement profiter de la compagnie l'un de l'autre.

— Will ? demanda Violet d'une voix hésitante après quelques instants de silence. Est-ce que tu fais encore des cauchemars à cause de ce qui s'est passé à l'époque ?

— Parfois, répondit-il d'une voix douce et lointaine. Mais être ici avec toi m'aide à oublier la douleur et à me rappeler qu'il y a encore de la beauté dans ce monde.

— Moi aussi, chuchota-t-elle, sentant une joie inattendue dans sa poitrine. Je suis heureuse qu'on se soit trouvés, même si ça a fallu une tragédie pour nous réunir.

— Moi aussi, Violet. Les yeux de Will rencontrèrent à nouveau les siens, et cette fois, l'étincelle qui passa entre eux ressemblait plus à une flamme éternelle.

Son Papi Tom lui manquait chaque jour. Elle aurait aimé qu'il puisse la voir avec William à la ferme comme ça. Elle savait que cela l'aurait rendu heureux.

CHAPITRE CINQUANTE-SEPT

Le soleil pendait bas dans le ciel, jetant une dernière lueur chaleureuse sur la ferme de baies. Les longues ombres des buissons chargés de fruits s'étiraient sur la terre fraîchement labourée. William et Violet se tenaient côte à côte, leurs rires se mêlant au doux bruissement des feuilles tandis qu'ils cueillaient les baies mûres de leurs tiges ligneuses.

— Hé Will, tu te rappelles la fois où on a accidentellement fait tomber une caisse entière de mûres ? dit Violet d'un ton taquin, les yeux brillants de malice.

— Ugh, ne m'en parle pas, répondit-il en gémissant de manière dramatique. J'ai retrouvé des taches de mûres sur mes vêtements pendant une semaine.

— C'est vrai, dit Violet en souriant. Mais je pense qu'on peut dire qu'on a retenu la leçon.

— Absolument, acquiesça Will en riant. Plus jamais de manipulation imprudente de mûres sur cette ferme.

Alors qu'ils continuaient à cueillir les baies mûres, un bruit soudain et dérangeant perça le calme des champs. La radio d'urgence que William gardait toujours à sa ceinture émit un bip strident, les faisant tous deux sursauter. Son rire s'évanouit, remplacé par une expression solennelle alors qu'il écoutait attentivement l'appel de la caserne des pompiers.

— Merde, marmonna-t-il entre ses dents. Jetant un regard à Violet, ses yeux bruns remplis d'inquiétude et d'urgence, il dit : — Il y a un incendie de l'autre côté de la ville. C'est à l'ancienne papeterie, c'est grave.

Le cœur de Violet rata un battement à l'angoisse gravée sur le visage de Will.

— Vas-y, dit-elle en essayant de garder une voix ferme. Tu dois aller aider. Je vais terminer ici.

— Tu es sûre ? demanda-t-il en hésitant un instant, son regard s'attardant sur elle avant qu'il ne hoche finalement la tête, sachant ce qu'il devait faire. D'accord. Fais attention et appelle-moi si tu as besoin de quoi que ce soit.

— Je le ferai, répondit Violet en lui adressant un brave sourire tandis qu'elle le regardait sprinter vers son camion.

Le cœur de William battait la chamade dans sa poitrine tandis qu'il enfilait son équipement de pompier et fonçait vers le lieu de l'incendie. L'ancienne papeterie était abandonnée depuis longtemps, mais les alentours étaient très peuplés. S'ils ne parvenaient pas à maîtriser rapidement les flammes, elles pourraient facilement se propager aux maisons et aux commerces voisins, provoquant des dégâts absolument catastrophiques.

— Mon Dieu, faites que nous puissions sauver ces gens, pensa-t-il en serrant fermement le volant tandis qu'il se préparait à la bataille qui l'attendait.

CHAPITRE CINQUANTE-HUIT

Le cœur de Violet se tordait d'inquiétude tandis que William s'éloignait au volant, mais elle savait qu'il était important pour lui d'aller aider. Son dévouement pour son travail était l'une des nombreuses choses qu'elle admirait chez lui, même si cela signifiait qu'il devait la quitter dans des moments comme celui-ci, la laissant s'inquiéter pour sa sécurité pendant qu'il se concentrait uniquement sur le fait de sauver les autres.

Elle prit une profonde inspiration, essayant de maîtriser ses nerfs, et se concentra sur la tâche qui l'attendait — s'occuper de la ferme de baies.

— Allez, Violet, tu peux le faire, marmonna-t-elle pour elle-même, ses mains tremblant légèrement tandis qu'elle ramassait ses outils de jardinage. Il y a beaucoup à faire aujourd'hui, et ça ne sert à rien de s'inquiéter pour Will.

Pendant ce temps, dans son petit bureau au centre-ville, Ava Rodriguez esquissa un sourire narquois en raccrochant le téléphone après avoir passé un appel anonyme à la caserne de pompiers. Le faux rapport d'un incendie à l'ancienne usine à papier de l'autre côté de la ville était sûr de détourner l'attention des pompiers, lui donnant l'occasion parfaite de saboter la ferme de Violet.

— Tout se passe comme prévu, se dit-elle en étudiant son reflet dans le miroir, ajustant ses cheveux et lissant son chemisier. Voyons maintenant comment Mademoiselle Clarke va gérer un peu de chaos.

Ava attrapa son sac à main et quitta son bureau du centre-ville, se dirigeant vers sa ferme avec un sourire mauvais. Elle avait soigneusement planifié chaque détail de ce stratagème, et elle avait hâte de voir ses efforts porter leurs fruits.

De retour à la ferme de baies, Violet s'essuya le front en sueur tandis qu'elle travaillait avec diligence, essayant de se concentrer sur les tâches à accomplir plutôt que de laisser ses pensées dériver vers William. Bien qu'elle lui faisait une confiance absolue, elle ne pouvait se débarrasser de la peur qui la rongeait de l'intérieur.

— Allez, Violet, n'y pense pas, se dit-elle fermement. Will sait ce qu'il fait, et il a vécu ça des milliers de fois avant. Il va bien s'en sortir.

Alors qu'elle taillait les buissons de

baies, son esprit vagabonda jusqu'à la première fois où elle avait rencontré William. Sa confiance et sa force étaient évidentes dès leur toute première interaction, même s'il avait été particulièrement ronchon ce jour-là, et elle avait été instantanément séduite. Malgré leur animosité initiale l'un envers l'autre, leur connexion n'avait fait que se renforcer avec le temps.

— Mince, Violet, se réprimanda-t-elle dans un rire, réalisant qu'elle avait accidentellement coupé une branche parfaitement saine dans sa distraction. Sors la tête des nuages !

Ce que Violet ignorait, c'est que le plan d'Ava était déjà en marche. Avec les pompiers occupés de l'autre côté de la ville, Ava se sentait confiante que son sabotage passerait inaperçu jusqu'à ce qu'il soit trop tard. Alors qu'elle approchait de la ferme de Violet par les bois à l'arrière, son regard se rétrécit, déterminé.

— Désolée, ma chère, chuchota Ava d'une voix froide et calculatrice. Mais les affaires sont les affaires, et je ne te laisserai pas me barrer la route.

CHAPITRE CINQUANTE-NEUF

*A*va se tenait à une courte distance de l'abri de stockage de Violet, les mains cachées derrière son dos, observant Rick s'affairer avec le bidon d'essence. Ses yeux sombres brillaient de la flamme de l'ambition et de la détermination, ses lèvres pincées en un rictus cruel et méprisant.

— Es-tu certaine de vouloir faire ça, Ava ? demanda Rick avec hésitation, jetant des regards nerveux autour de lui comme s'il s'attendait à ce que quelqu'un les surprenne sur le fait.

— Bien sûr que j'en suis sûre, siffla Ava d'une voix basse et venimeuse. Cette petite garce me vole mes clients depuis trop longtemps. Ça lui apprendra à ne pas se frotter à moi. Avec un peu de chance, elle quittera Love Springs pour de bon.

— Très bien, très bien, tu es la patronne, capitula Rick, répandant une traînée d'essence autour du périmètre de la construction en bois.

Quand il eut terminé, Ava sortit une boîte d'allumettes de derrière son dos, en craqua une et la jeta négligemment sur le sentier d'essence.

Les flammes rugirent, léchant avidement les murs de l'abri et projetant une lueur inquiétante et dansante sur leurs visages. L'expression d'Ava resta impassible, mais il y avait une lueur de satisfaction malsaine dans ses yeux tandis qu'elle regardait l'incendie prendre de l'ampleur, hors de contrôle.

— Partons avant que quelqu'un ne

nous voie, murmura-t-elle à Rick, tournant les talons et le ramenant vers la sécurité des bois.

Pendant ce temps, Violet continuait à travailler avec ardeur dans son champ de baies, totalement inconsciente du danger qui rôdait à proximité. Ce ne fut que lorsqu'elle sentit une odeur de fumée que sa tête se redressa brusquement, ses yeux s'écarquillant d'horreur à la vue de son abri de stockage englouti par les flammes.

— Que... comment ! s'exclama-t-elle en laissant tomber ses cisailles à émonder sous le choc. Will ! Il y a un...

Dans sa peur, elle avait appelé son nom, mais se rappela immédiatement après qu'il n'était plus là.

La panique rugissait dans sa poitrine, son cœur battait la chamade contre sa cage thoracique tandis qu'elle se précipitait vers l'incendie grandissant, son esprit passant en revue les scénarios possibles.

— Réfléchis, Violet, réfléchis ! se

morigéna-t-elle, les mains tremblantes tandis qu'elle tripotait son téléphone pour essayer d'appeler les pompiers. Que faire ? Que puis-je faire ?

— Violet ! l'appela une voix derrière elle, la sortant de ses pensées frénétiques. C'était Ava, le visage rougi et les yeux écarquillés, bien qu'un étrange sourire se cachât au coin de ses lèvres. J'ai vu la fumée depuis la route ! Y a-t-il quelque chose que je puisse faire pour aider ?

— Ava ! Merci mon Dieu ! s'écria Violet, soulagée de voir un visage familier, même s'il s'agissait de sa rivale. Je t'en prie, appelle les pompiers ! Je n'arrive pas à les joindre !

— Bien sûr, dit-elle, sortant calmement son propre téléphone pour composer le numéro.

Tandis qu'elles attendaient l'arrivée des secours, Violet ne pouvait s'empêcher de ressentir un sentiment d'appréhension l'envahir. Comment cela avait-il pu se produire ? Et qu'est-ce que cela signifierait pour sa chère ferme de baies ?

— William, murmura-t-elle, les yeux emplis de larmes non versées. Je t'en supplie, sois en sécurité. Je ne pourrais pas supporter deux tragédies en une journée.

CHAPITRE SOIXANTE

De main tremblante, Violet essaya finalement d'appeler William plutôt que les pompiers. Elle tenta de contrôler sa voix tandis que le téléphone sonnait, bien que son cœur battît furieusement dans sa poitrine.

— William, murmura-t-elle, espérant qu'il décrocherait.

— Violet ? répondit la voix grave et rugueuse de William, son ton alarmé et inquiet. Tout va bien ?

— Will... mon hangar... il est en feu ! dit-elle.

Les mots jaillirent de sa bouche, sa voix se brisant sous l'émotion. Elle plissa les yeux à travers les tourbillons épais de fumée qui commençaient à envelopper la ferme.

— Reste en arrière, Violet. N'essaie pas de l'éteindre toi-même. J'arrive, ordonna-t-il d'une voix intense qui la fit frissonner.

— D'accord, fut tout ce qu'elle put dire avant de raccrocher, serrant fortement le téléphone contre sa poitrine, les mains tremblantes.

— Dépêche-toi, Will, murmura-t-elle en observant les flammes danser et lécher le ciel, leur lueur malveillante projetant une ombre sinistre sur sa ferme autrefois paisible.

William fourra son téléphone dans sa poche, le visage déformé par la rage et le désespoir. Il n'y avait pas de feu à l'ancienne usine de papier. Ils l'avaient passée au peigne fin plus d'une fois, cherchant tout signe de fumée, mais ils n'avaient rien trouvé.

— L'appel était une arnaque, les gars ! cria-t-il. Il n'y a pas de feu ici. Je pense que c'était pour nous éloigner de la ferme de Violet !

— Merde ! cracha Jack, un pompier grand et mince, les poings serrés le long du corps. Bougez-vous, les gars !

Les pompiers se mirent en action, rassemblant frénétiquement leur équipement pendant qu'ils se précipitaient dans le camion. Les sirènes hurlèrent, perçant l'air tandis qu'ils filaient vers la ferme de baies de Violet, le cœur lourd d'inquiétude pour Violet et leur camarade, William.

Alors que le camion de pompiers fonçait sur le chemin de terre menant à la ferme de Violet, les pensées de William étaient hantées par sa sécurité. Il savait qu'il ne pourrait pas supporter de la perdre – pas maintenant qu'ils avaient enfin commencé à explorer pleinement la profondeur de leurs sentiments l'un pour l'autre.

— Sois saine et sauve, pensa-t-il, les tripes nouées d'angoisse. Je ne peux pas te perdre, Violet.

Lorsque le camion s'arrêta en dérapant, William en jaillit et examina la scène qui s'offrait à lui : les flammes dévorant avidement le hangar et au-delà, détruisant la ferme de baies qui comptait tant pour Violet. Il pouvait la voir, debout là, une silhouette à la fois brave et vulnérable au milieu du chaos, le feu projetant des ombres dansantes sur son visage, mettant en relief les larmes ruisselant sur ses joues.

— Violet ! cria-t-il en courant vers elle.

— William ! sanglota-t-elle, le soulagement et la douleur dans sa voix. C'est si grave ! Je ne sais pas quoi faire !

— Reste en arrière, ordonna-t-il fermement, sans la quitter des yeux. Nous nous en occupons. Tu vas bien aller.

Tandis que les autres pompiers entraient en action, arrosant le feu d'eau et de mousse, William ne put s'empêcher de ressentir un immense sentiment de protection envers Violet. Elle était sa raison de se battre, de surmonter les démons de son passé. Et ensemble, ils renaîtraient de leurs cendres et reconstruiraient, plus forts que jamais.

CHAPITRE SOIXANTE-ET-UN

*J*ones, attrapez la lance ! aboya William tandis que lui et les autres pompiers se précipitaient pour éteindre les flammes rugissantes.

L'air était épais de fumée, et l'odeur de bois brûlé emplissait leurs narines.

— C'est compris, Will ! répondit Jones, la voix étranglée par l'effort de tenir la lourde lance.

L'eau jaillit en un torrent dévastateur, se déversant sur le feu.

— Plus de pression ! Il faut que nous

maîtrisions cette situation ! hurla William, le cœur battant à tout rompre tandis qu'il voyait les flammes se rapprocher de la maison de Violet.

Ses pensées étaient obsédées par sa sécurité et l'avenir qu'ils avaient commencé à construire ensemble.

— La pompe est-elle à pleine capacité ? demanda l'un des pompiers, le front perlant de sueur.

— Presque ! répondit un autre en ajustant frénétiquement les cadrans.

— Allez, allez, marmonna William entre ses dents, désespéré que le feu soit éteint avant de causer plus de dégâts.

— Will, on a réussi à faire une brèche dans les flammes ! lança Jones, le soulagement évident dans sa voix. On progresse !

— Continuez d'avancer ! dit William, la détermination s'incrustant dans chaque fibre de son être.

Il ne laisserait pas ce feu gagner. Pas alors que tant était en jeu.

CHAPITRE SOIXANTE-DEUX

e toutes leurs forces, les pompiers ont combattu l'incendie jusqu'à ce que la dernière braise soit éteinte, ne laissant que les restes calcinés du hangar. Épuisés mais victorieux, ils ont reculé pour contempler leur travail.

— Bon travail, les gars, a dit le chef des pompiers Davis d'un ton bourru, en s'essuyant la suie du visage. C'était une situation critique.

— Trop critique, acquiesça William, cherchant Violet des yeux.

Quand il l'a aperçue, un immense soulagement l'a envahi tel une vague déferlante. Elle était saine et sauve. Ils étaient sains et saufs.

— William, a-t-elle murmuré en se précipitant dans ses bras couverts de suie. Son étreinte était un baume pour son âme fatiguée, le remplissant de chaleur et d'espoir. Merci. Tu as tout sauvé.

— Bien sûr, Violet. Je ferais n'importe quoi pour toi, a-t-il chuchoté dans ses cheveux, la voix tremblante sous le poids du moment.

— Eh bien, Will, s'exclama Matt en lui donnant une tape amicale dans le dos. On dirait que tu es un héros par deux fois aujourd'hui, mon pote.

— Trois fois, même, répliqua William sans quitter Violet des yeux.

Il savait qu'en sauvant sa ferme, il avait également sauvé leur avenir — et cela valait plus que n'importe quelle médaille ou distinction.

— Bon, allons nettoyer ce bazar,

ordonna le chef des pompiers Davis en les ramenant à la réalité. Ensuite, on essaiera de découvrir qui se cache derrière tout ça. Ça ne ressemble pas à un simple accident, les gars.

CHAPITRE SOIXANTE-TROIS

Une fois les dernières flammes éteintes, le groupe examina les dégâts. Le hangar n'était plus qu'une carcasse noircie, mais les alentours semblaient avoir été épargnés. L'insistance de William à renforcer la structure lors de leur première rencontre et à l'aider à installer davantage de supports et de matériaux résistants au feu avait payé. Ce qui aurait pu être une catastrophe n'était désormais qu'un contretemps gérable.

— Merci encore à tous, dit sincèrement Violet aux pompiers, son regard s'attardant sur William tandis que son cœur se gonflait de gratitude et de quelque chose de plus profond, quelque chose qu'elle n'avait pas anticipé ressentir si soudainement. Je ne sais pas ce que j'aurais fait sans vous.

— Mais je t'en prie, Violet, l'assura William d'une voix grave et apaisante. C'est pour ça qu'on est là. Et n'oublie pas que tu n'es pas seule dans cette épreuve. On t'aidera à chaque étape. N'est-ce pas, les gars ?

Tout l'équipe de pompiers acquiesça dans sa direction, lui souriant sous leurs casques. Certains l'acclamèrent même, prêts à se mettre au travail immédiatement pour réparer le hangar si nécessaire.

— Merci, Will, murmura Violet, les joues rosies tandis que leurs regards se croisaient. L'espace d'un instant, ils oublièrent les ruines calcinées du hangar, la fumée persistante et les longues heures de travail qui les attendaient.

Violet se jeta dans les bras de William, qui l'étreignit avec aisance. Elle l'embrassa avec toute la passion, le besoin, le désir et l'amour qu'elle avait toujours ressentis pour lui. Il lui rendit son baiser, la soulevant et la serrant contre lui.

Ce ne fut que lorsque l'ensemble du groupe de pompiers les acclamèrent que Violet se souvint de l'endroit où ils se trouvaient. Ses joues rougirent tandis qu'elle s'écartait du baiser, toujours étroitement enlacée par William. Il lui sourit, riant nerveusement, mais refusant de la lâcher.

— Zut, dit-elle en gloussant avant de se jeter à nouveau sur son séduisant pompier pour l'embrasser avec fougue.

CHAPITRE SOIXANTE-QUATRE

près l'incendie, William se surprit à passer plus de temps que jamais à la ferme de Violet. Il s'était habitué au doux parfum des baies mûres flottant dans l'air et à la façon dont le soleil jetait toujours une douce lueur sur les champs, au crépuscule et à l'aube, les faisant paraître presque magiques. Mais ce qui le captivait vraiment, c'était Violet elle-même.

Tout dans sa vie semblait s'améliorer, ou plutôt aller mieux depuis un bon moment. Ce qui l'aidait le plus, c'était le soutien de tous ses collègues du service d'incendie. Ils s'étaient tous ralliés autour de lui et de Violet, l'aidant à reconstruire son entrepôt et à mettre en place une solution temporaire en attendant que les nouveaux travaux soient terminés.

Le chef des pompiers Davis enquêtait toujours sur l'incendie avec la police locale. On l'appelait désormais un acte criminel, et ils avaient quelques pistes, mais continuaient à chercher.

— Will, peux-tu m'aider avec ces caisses ? lança Violet, sa voix résonnant à travers le champ.

— Bien sûr, dit-il en hissant une caisse sur son épaule avec aisance.

Ce faisant, il ne put s'empêcher de lui jeter un regard. Le soleil de fin d'après-midi illuminait ses cheveux bruns ondulés, créant un effet d'auréole qui la rendait encore plus éthérée et angélique.

— Merci, dit-elle avec un sourire qui fit battre son cœur dans sa poitrine. Tu es devenu un véritable expert pour empiler les baies, Monsieur Baxter.

— Seulement parce que j'ai eu une excellente professeure, Mademoiselle Clarke, répondit William en s'efforçant de garder une voix assurée.

Il lui fallut toute sa maîtrise de soi pour ne pas écarter une mèche rebelle de son visage avant de l'attirer dans un baiser passionné.

— Es-tu sûr de ne pas être simplement après ma recette secrète de tarte aux baies ? demanda Violet d'un air taquin, ses yeux noisette pétillant de malice.

— Peut-être bien, rétorqua-t-il avec un sourire espiègle, bien que ce fût loin d'être la vérité.

En réalité, il lui devenait de plus en plus difficile de se concentrer sur autre chose qu'elle.

Tandis qu'ils travaillaient côte à côte, leur rire flottait dans l'air comme une mélodie. William remarqua à quel point il était devenu attentif à ses besoins, anticipant le moment où elle aurait besoin d'une autre caisse ou d'un coup de main pour dégager un buisson récalcitrant. Et quand ils arrêtaient de travailler pour la journée, il continuait à penser à elle une grande partie de la nuit alors qu'ils dormaient côte à côte dans son lit.

Il ne pouvait cesser de penser à elle. Il ne voulait pas cesser de penser à elle.

Le lendemain matin, William se tenait devant le miroir, ajustant nerveusement son col. C'était aujourd'hui la Fête annuelle des baies et des fruits de Love Springs, et il avait accepté d'accompagner Violet en tant que son cavalier. C'était le genre d'événement que l'on ne pouvait trouver que dans une petite ville comme celle-ci, organisé et géré par Elsie au marché local. C'était sa chance d'enfin lui avouer ses sentiments, mais l'idée de lui dire qu'il l'aimait formait un nœud dans son estomac.

— Reprends-toi, mon vieux,

marmonna-t-il pour lui-même. Ce n'est que Violet.

Mais elle n'était plus seulement Violet ; elle était devenue une présence constante dans sa vie, un phare qui rendait même les jours les plus sombres supportables. Et autant il voulait lui dire ce qu'il ressentait, autant il ne pouvait se défaire de la crainte qu'elle ne ressente pas la même chose.

— Will ? Es-tu prêt ? lança Violet, sa voix interrompant ses pensées tandis qu'il se tournait pour la voir se tenir dans l'embrasure de la porte.

— Waou, tu es... magnifique, balbutia-t-il en la dévisageant dans sa robe à motifs floraux qui s'harmonisait avec les teintes vibrantes de ses champs de baies.

Elle rougit à son compliment, lui faisant une fois de plus chanceler dans sa résolution. Il ne voulait pas perdre ce qu'ils avaient, mais il voulait tellement plus si elle voulait bien le lui donner aussi.

— Merci, marmonna-t-elle en baissant les yeux sur sa robe avant de croiser à nouveau son regard. Tu es pas mal non plus.

— Allons-y ? dit William en désignant la porte d'entrée, s'efforçant désespérément de garder son calme.

Tandis qu'ils se rendaient à la fête, son esprit cherchait des moyens de lui avouer ses sentiments. Il s'imagina les mots jaillissant lors d'une danse partagée ou murmurés à son oreille pendant un moment de tranquillité.

Mais chaque fois qu'il essayait de parler, ses doutes et ses craintes le retenaient. Et si elle ne ressentait pas la même chose ? Et si ce qu'ils avaient était ruiné par son aveu ? À chaque pas, la tension en lui se faisait plus lourde, menaçant de l'étouffer.

— Ça va, Will ? demanda Violet, inquiète. Tu es terriblement silencieux aujourd'hui.

— Oui, oui, ça va, mentit-il en forçant un sourire sur ses lèvres. Je profite simplement de la fête.

— D'accord, dit-elle avec hésitation, pas tout à fait convaincue. Fais-moi signe si tu as besoin de quoi que ce soit, d'accord ?

— Bien sûr, acquiesça-t-il, s'efforçant d'écarter ses sentiments pour se concentrer sur la journée à venir.

Mais tandis qu'ils riaient et dansaient sous le soleil chaleureux, William ne put s'empêcher de se demander ce que ce serait s'il pouvait enfin partager tout son cœur avec Violet. Et à mesure que la fête touchait à sa fin, il savait qu'il devait prendre une décision - une décision qui changerait tout entre eux pour toujours.

— Violet, dit-il en déglutissant difficilement alors qu'il se préparait à faire un saut dans l'inconnu qui le terrifiait plus qu'aucun incendie ne l'avait fait.

CHAPITRE SOIXANTE-CINQ

— *V*iolet, a dit William en déglutissant difficilement alors qu'il s'apprêtait à faire un pari qui le terrifiait plus que n'importe quel feu. J'ai quelque chose à te dire.

Ses yeux se sont écarquillés, empreints de curiosité et d'inquiétude, ses longs cheveux bruns ondulant doucement tandis qu'elle se tournait pour lui faire face, ses lèvres légèrement entrouvertes dans l'expectative.

— Qu'y a-t-il, Will ?

Ils se tenaient seuls sous les lumières

scintillantes qui décoraient le festival, la musique et les rires de la foule s'estompant en arrière-plan. William sentait la chaleur lui monter aux joues, mais il s'est forcé à soutenir son regard, cherchant le moindre signe qui aurait pu le renseigner sur sa réaction.

— Violet, je... a-t-il dit en hésitant. Son cœur battait la chamade dans sa poitrine telle une folle tambour, mais il savait qu'il n'y avait plus de retour en arrière possible. Je crois que... je suis amoureux de toi.

Pendant un instant, le monde sembla se figer autour d'eux, comme si le temps lui-même retenait son souffle, dans l'attente de sa réponse. Puis, à sa grande surprise et à son immense soulagement, elle a souri, ses yeux brillant de bonheur.

— Tu n'as aucune idée depuis combien de temps j'espérais que tu le dises, a-t-elle murmuré en prenant sa main dans la sienne. Je t'aime aussi. Je suis si amoureuse de toi, Will.

— Vraiment ? s'est exclamé William,

incapable de réprimer son sourire, comme si un poids venait d'être retiré de ses épaules. Alors, qu'est-ce que cela signifie pour nous ?

— Nous allons le découvrir ensemble, a-t-elle répondu en se penchant pour l'embrasser tendrement, leurs lèvres se rencontrant dans une passion ardente qui promettait une vie entière de rires partagés et d'amour.

Alors qu'ils se séparaient, encore essoufflés par l'intensité de leur nouvelle connexion, une voix a interrompu leur bulle de béatitude.

— Et bien, et bien, ne faites-vous pas un joli petit couple !

Ava Rodriguez se tenait devant eux, ses cheveux noirs lissés tirés en arrière dans son éternel chignon serré, ses yeux bruns furieux plissés avec un éclat calculateur. La mâchoire de William s'est crispée d'agacement, mais Violet a simplement regardé Ava avec une curiosité prudente.

— Bonjour Ava, a dit Violet en la saluant avec précaution. Que nous vaut ta visite ?

— Les affaires, bien sûr, a répondu Ava avec un sourire narquois. Je suis juste venue voir ce qui causait tout ce remue-ménage. Le petit festival de Love Springs est plutôt charmant, je dois l'admettre. Pas que j'aie jamais ressenti le besoin de me dégrader en y assistant, mais, enfin, la nécessité fait loi.

— Y a-t-il quelque chose que nous puissions faire pour toi ? a demandé William, son instinct protecteur se déclenchant alors qu'il enroulait un bras autour de la taille de Violet.

— En effet, a répondu Ava en sortant un morceau de papier plié de son sac à main et en le tendant à Violet. Je pense que tu trouveras ceci *très* intéressant.

Violet a déplié le document, ses sourcils se fronçant de confusion à mesure qu'elle en lisait le contenu. — Ceci... ne peut pas être exact. D'après ce document, mon grand-père devait une somme importante à ta famille avant son décès.

— En effet, a confirmé Ava avec suffisance. Et maintenant, cette dette te revient, ma chère. J'étais prête à passer l'éponge, mais ta ferme se porte si bien désormais, n'est-ce pas ? Tu as trente jours pour me payer ce qui m'est dû ou...

Elle s'est interrompue, laissant planer la menace dans l'air.

— Ou quoi ? a exigé William, la colère flamboyant dans sa poitrine telle un feu de forêt incontrôlable.

— Ou je n'aurai d'autre choix que de saisir la précieuse ferme de baies de ton petit joujou, a conclu Ava avec un sourire sinistre, savourant les expressions choquées qui se sont peintes sur les visages de William et Violet.

CHAPITRE SOIXANTE-SIX

Le lendemain matin, William et Violet marchèrent main dans la main en direction de la somptueuse ferme d'Ava. Ils avaient traversé l'épreuve du feu et de la pluie ces derniers jours, découvrant la vérité derrière la prétendue dette et faisant face à la dernière attaque contre la ferme de Violet.

Ce qui rassemblait tout, c'était une preuve accablante que le chef de la police venait de découvrir récemment. Le chef des pompiers Davis avait appelé personnellement William pour l'informer que la police était en route pour régler le problème dès que possible.

— Tu es sûre de toi ? demanda Will, la voix teintée d'inquiétude tandis qu'il jetait un regard à Violet.

— Absolument, affirma Violet avec fermeté, ses yeux noisette embrasés. Je ne laisserai plus Ava nous faire du mal.

Alors qu'ils approchaient du perron, Ava émergea de son impeccable ferme, son visage affichant un masque d'innocence feinte.

— William, Violet, quelle surprise ! Que me vaut ce plaisir ? Êtes-vous ici pour déjà me rembourser ? demanda Ava d'un ton dégoulinant de fausse douceur.

— Laisse tomber les simagrées, Ava, lança Violet avec colère, sa grâce habituelle un instant éclipsée. Nous savons que tu as tenté d'incendier mon hangar.

Ava ricana, roulant des yeux avec dédain. — Avez-vous des preuves ? Ou êtes-vous simplement venus m'accuser sans fondement ?

— En fait, oui, répondit William alors que les sirènes de police commençaient à retentir au loin, leurs lumières rouges clignotantes se dirigeant droit vers la ferme Rodriguez. Maria est allée voir la police et leur a tout raconté. Non seulement ça, mais elle t'a suivie cette nuit-là et a filmé une vidéo sur son téléphone, toi et Rick, depuis les bois. Tu vas payer pour tes actes, Ava.

Le visage d'Ava pâlit alors qu'elle réalisait qu'elle avait été prise la main dans le sac. « Putain, Maria ! pensa-t-elle. Qu'est-ce que cette idiote pensait faire ? »

Un moment, la femme hésita, semblant peser ses options. Puis, elle soupira lourdement, les épaules affaissées de défaite.

— Très bien, d'accord. Je l'ai fait. J'étais désespérée, d'accord ? dit Ava, la voix tremblante d'un mélange de colère et de peur. Mais vous deux... Vous avez tout *gâché* pour moi. Mon entreprise, ma réputation...

— Ce sont tes *actes* qui ont gâché ça pour toi, Ava, rétorqua William avec fermeté. Tu as choisi la tromperie et la manipulation plutôt que la concurrence loyale. Et tu en subiras les conséquences à présent.

— En a-t-il valu la peine, Ava ? demanda doucement Violet, son regard inébranlable malgré la tempête d'émotions qui faisait rage en elle. Au final, toute cette tromperie et cette malveillance t'ont-elles apporté le bonheur ?

Ava détourna les yeux, incapable de soutenir le regard de Violet.

— Non, murmura-t-elle, d'une voix à peine audible. Pas le moins du monde.

— Alors, peut-être est-il temps de changer, dit Violet avec douceur, surprenant William et Ava par sa compassion.

— Peut-être bien, acquiesça Ava, son

visage reflétant un mélange complexe de regret, de honte et d'espoir réticent.

Dans les jours qui suivirent, Ava fit face aux conséquences de ses actes. Elle fut lourdement sanctionnée par le conseil municipal et mise au ban par de nombreux habitants. Au lieu d'une peine de prison, Violet demanda au juge de la condamner à des travaux d'intérêt général.

Ava admit également que le document détaillant la dette que le grand-père de Violet lui devait était un faux, et elle abandonna toutes ses prétentions sur la ferme de baies de Violet.

Alors que Violet et William reconstruisaient le hangar endommagé avec l'aide des pompiers, côte à côte et main dans la main, ils savaient que l'avenir réservait des défis – mais aussi que, ensemble, ils pourraient tout affronter.

Et tandis que le soleil se couchait sur Love Springs, baignant de sa lumière chaleureuse et dorée leurs mains jointes, ils savaient qu'ils ne construisaient pas seulement un simple hangar : ils construisaient une vie, un amour et un bonheur éternel, ensemble.

CHAPITRE SOIXANTE-SEPT

*D*ébarrassée du poids de la trahison d'Ava, Love Springs semblait pousser un soupir de soulagement collectif. Comme sur un coup de baguette magique, l'air frais de l'automne se remplit de rires chaleureux et de voix amicales, le cœur de la ville battant de nouveau à l'unisson. Se rassemblant autour de la ferme de Violet, les habitants de Love Springs se sont serrés les coudes, offrant leur aide et leur soutien à Violet et William pour reconstruire et aller de l'avant.

— Hé, Will ! lança Jack, enfin sorti de l'hôpital, en lui tendant un marteau. J'ai pensé que tu aurais besoin d'un coup de main, mon pote.

— Je l'apprécie beaucoup, répondit William d'une voix légère et reconnaissante. Je n'aurais jamais pensé voir autant de monde ici, nous aidant.

Le spectacle des voisins travaillant côte à côte, réparant les clôtures et déblayant les débris, émouvait le cœur de Violet. La puissance de la communauté était quelque chose à laquelle elle avait toujours cru, mais la voir à l'œuvre lui arrachait des larmes d'émotion.

— Violet, ça va ? demanda William en remarquant ses larmes.

— Plus que bien, dit-elle d'une voix chargée d'émotions. Je suis juste reconnaissante pour le soutien de tous.

William saisit sa main et la serra doucement.

— Tout le monde fait ça pour toi, dit-il, les yeux rivés aux siens.

— Merci, murmura-t-elle en se penchant pour l'embrasser sur la joue.

Au fil de la journée, Violet et William se retrouvèrent seuls, assis sur les marches du perron de sa ferme. Le soleil couchant peignait le ciel de nuances roses et dorées à couper le souffle, baignant la scène d'une brume onirique.

— William, dit Violet avec hésitation. As-tu déjà pensé à notre avenir ensemble ?

— Chaque jour depuis que je t'ai rencontrée et encore plus récemment, répondit-il sans hésiter, en fronçant les sourcils. Pourquoi ? Tu t'inquiètes de quelque chose ?

Violet secoua la tête. — Pas vraiment inquiète. Juste... curieuse. Qu'espères-tu, quand tu penses à nous ?

— L'amour, le rire et une vie entière côte à côte, répondit-il d'une voix chaleureuse. Et peut-être, si les étoiles sont alignées, des enfants pour partager tout cela... si c'est quelque chose que tu veux aussi ?

— Vraiment ? demanda-t-elle, ses yeux noisette s'illuminant.

— Vraiment, affirma William d'un regard ferme et inébranlable. Et toi ? Qu'espères-tu pour notre avenir ?

Violet sourit, le cœur gonflé à cette pensée. — À peu près la même chose. J'ai toujours rêvé de faire prospérer la ferme de mon grand-père, mais maintenant... je veux partager ce rêve avec toi.

— Violet, dit-il doucement en repoussant une mèche rebelle derrière son oreille, je suis partant à cent pour cent. S'il y a une chose que j'ai apprise de toute cette histoire, c'est que la vie est trop courte pour la gaspiller en regrets. Tu es la meilleure chose qui me soit arrivée, et je ne veux rien de plus que de construire un avenir avec toi — ici, sur cette ferme, entourés des gens que nous aimons.

— Promis ? demanda-t-elle d'une voix à peine audible.

— Promis, dit-il en scellant leur pacte d'un tendre et long baiser.

CHAPITRE SOIXANTE-HUIT

*L*e soleil déclinait dans le ciel, jetant une douce lueur dorée sur les champs de la nouvelle Ferme aux Baies Doux Coeurs. William s'appuya sur la clôture, observant Violet guider habilement le tracteur à travers les rangées de baies pleines et mûres. Il ne put s'empêcher de sourire à sa vue, les cheveux retenus en une queue de cheval désordonnée, le visage rougi par l'effort et la fierté.

— Hé, Will ! l'appela-t-elle, lui

adressant un geste enthousiaste depuis le siège du tracteur. Qu'est-ce que ça donne ?

— C'est absolument parfait, dit-il, ses yeux bruns se réchauffant d'affection. Tu t'es vraiment dépassée cette fois.

— Merci, répondit-elle avec un sourire, immobilisant le tracteur avant de descendre. Mais je n'aurais pas pu y arriver sans toi. Ton soutien a tout signifié pour moi.

— Tout pour toi, mon amour, déclara-t-il en comblant la distance entre eux pour l'enlacer étroitement.

Tandis qu'ils se tenaient là, la douce brise agitant les feuilles des buissons de baies autour d'eux, les pensées de Violet dérivèrent vers leur avenir commun. La ferme prospérait, et leur relation ne faisait que se renforcer jour après jour.

— Will, as-tu déjà songé à ce que nous pourrions faire avec les bénéfices supplémentaires de la ferme ? demanda-t-elle, ses yeux noisette brillant de curiosité.

— Bien sûr. Nous pourrions investir

dans de meilleurs équipements, ou peut-être même embaucher de l'aide, dit-il en se frottant pensivement le menton. Ou alors, nous pourrions en mettre de côté pour quelque chose de spécial... comme une lune de miel.

Violet eut un hoquet de surprise, son cœur battant plus fort à la mention de possibles noces. — Une lune de miel ? William Baxter, est-ce que tu me demandes en mariage ? Où irions-nous ?

— Je crois que oui, Violet Clarke, fit-il en s'agenouillant soudain et en lui présentant un nœud de ficelle en guise de bague. Je n'ai pas pu attendre plus longtemps. La vraie bague sera prête bientôt. Nous pourrons aller où tu veux pour notre lune de miel, Violet, ajouta-t-il avec un sourire malicieux. Paris, Rome, la lune... le monde est à nous.

Elle gloussa, lui donnant une petite tape sur le bras tandis qu'il glissait le nœud de ficelle à son doigt. — Tu es parfois un tel bouffon.

— Rien que pour toi, répliqua-t-il en se relevant pour lui donner un rapide baiser. Alors, c'est oui ?

— À ton avis ? rétorqua-t-elle d'un air taquin en roulant des yeux. Oui ! Mais sérieusement, je pense que nous devrions aussi envisager de rendre à la communauté qui nous a tant soutenus. Peut-être que nous pourrions commencer par parrainer une petite équipe de soccer pour les enfants ou faire un don à la banque alimentaire locale.

— Absolument, approuva William, son regard empli d'admiration pour la femme dans ses bras. Nous ferons tout ce que nous pourrons pour rendre Love Springs encore plus agréable à vivre.

— C'est un programme qui me plaît, dit-elle, le visage rayonnant de bonheur et d'espoir.

Tandis qu'ils se tenaient là, entourés des fruits de leur labeur et de l'amour qu'ils partageaient, William et Violet savaient que leur avenir ensemble recelait d'infinies possibilités. Main dans la main, ils continueraient à bâtir leur vie, leur ferme et leur communauté, créant un héritage d'amour et de générosité qui durerait des générations.

CHAPITRE SOIXANTE-NEUF

Le soleil se couchait, projetant une lueur dorée sur la ferme à baies, désormais impeccable. William et Violet se tenaient côte à côte, les mains jointes, contemplant leur travail acharné. L'ancien hangar de stockage détruit avait été reconstruit, solide et sûr, avec une nouvelle couche de peinture qui brillait d'un vif éclat.

— Tu réalises que tout le monde a aidé à faire tout ça ? demanda Violet, les yeux écarquillés d'émerveillement.

William regarda autour de lui, la poitrine gonflée de fierté.

— C'est le genre d'endroit qu'est Love Springs, dit-il en serrant sa main avec réconfort.

Un sentiment de contentement l'envahit, quelque chose qu'il n'avait pas ressenti depuis des années. C'était une chaleur qui se répandait dans tout son être, remplissant chaque recoin de son cœur.

— Merci, murmura Violet en appuyant sa tête contre son épaule. Pour tout.

— Remercie-moi de ne jamais avoir abandonné notre amour, chuchota-t-il en retour, déposant un tendre baiser sur son front.

Tandis qu'ils retournaient vers la ferme, des rires et des plaisanteries emplissaient l'air. Leur amour était devenu un phare, brillant pour que tous puissent le voir et l'admirer.

— Hé, regardez qui est là ! lança James, leur faisant signe depuis le porche où il était assis avec leur voisine, Brenda, et Elsie du marché local. Ils étaient venus célébrer l'achèvement du hangar et présenter leurs félicitations.

— Toutes mes félicitations à vous deux, dit Elsie, les yeux pétillants de bonheur. Brenda m'a annoncé la grande nouvelle. Où est la bague, William ?

Leurs trois invités fixèrent Violet et son pompier grincheux et séduisant, des regards malicieux sur leurs visages.

— Merci, dit Violet en souriant, rougissant légèrement sous le poids de leurs éloges.

— Sérieusement, reprit Brenda, ses yeux verts étincelants. Si vous deux avez pu surmonter vos différences et vous marier, cela donne de l'espoir au reste d'entre nous.

— Hé, je ne suis qu'un gars ordinaire, protesta William, bien que ses yeux dansaient d'amusement.

— Un gars ordinaire, mon œil ! fit James. T'es un véritable super héros, mec !

— Bon, bon, interrompit Violet, son rire résonnant comme une joyeuse mélodie. N'enflons pas trop l'ego de Will.

— Trop tard, dit William en lui faisant un clin d'œil malicieux, tandis qu'ils éclataient tous d'un rire sonore.

Alors que le soleil descendait plus bas dans le ciel, projetant de longues ombres sur la Ferme aux Baies Doux Coeurs, il était clair pour tous que William et Violet avaient trouvé quelque chose d'extraordinaire. Leur amour avait fleuri malgré les obstacles, prouvant que même les couples les plus inattendus pouvaient trouver le bonheur ensemble.

— Aux nouveaux départs et aux secondes chances, dit Brenda en levant son verre pour un toast.

— Tchin ! reprirent-ils tous en chœur, entrechoquant leurs verres et buvant une gorgée du vin de baies doux que Violet avait préparé avec la récolte de sa ferme.

— Puisse votre amour continuer à

grandir et à nous inspirer tous, ajouta Brenda d'une voix chaleureuse et sincère.

— Merci, dit Violet, son regard fixé sur celui de William. Nous n'oublierons jamais ce que nous avons appris ici, et comment notre amour nous a rendus plus forts.

— Toujours, acquiesça William, ses yeux bruns emplis de sincérité et de dévouement.

— Je t'aime, Will.

— Je t'aime aussi, Violet.

Vous ne pouvez pas vous rassasier de Violet et Will ? Vous voulez connaître la suite de leur histoire et leur douce fraise bonheur pour toujours ?

Obtenez l'épilogue bonus gratuit ici :

Cherrylily.com/Ginger-FR

Le bonus comprend :

- Encore plus d'amusement sur la ferme à baies désormais prospère.
- Une friandise torride et une promesse spéciale de Will.
- Et une annonce toute particulière, Violet s'occupant de plus que des baies pendant les neuf prochains mois... (Des baies et des bébés ? Hihihi.)

Ginger Hudson adore écrire des romances amusantes et chaleureuses se déroulant dans de petites villes, avec un héros ronchon et une héroïne lumineuse. Ses livres sont destinés à vous faire sourire et à vous laisser toujours satisfait avec une magnifique fin heureuse.

Elle vit avec son mari, parfois ronchon, et leur chat, Ed, qui aime regarder des vidéos de bains de poussière de chinchillas sur YouTube. L'une de ses activités préférées est de se blottir sur le canapé avec un bon livre, une tasse de thé et un chat sur les genoux.

Si vous voulez en savoir plus sur elle, vous pouvez vous inscrire à sa newsletter occasionnelle pour recevoir du contenu

bonus exclusif, des livres gratuits, et plus
encore à l'adresse suivante :

Cherrylily.com/Ginger-FR

BB   bookbub.com/authors/ginger-hudson

g   goodreads.com/gingerhudson

AUTRES LIVRES DE GINGER HUDSON

Bûcheron grincheux

Aurora Sinclair est sur le point de réaliser son rêve de toujours, devenir boulangère.

Il n'y a qu'un seul problème. La vieille boulangerie délabrée qu'elle a héritée de son oncle Jim a grandement besoin de réparations.

Et le seul homme qui peut aider est Randall Woods, le meilleur (et le plus grincheux) homme pour le travail.

S'il est disposé à l'aider, bien sûr...

Vous pouvez trouver tous les romans de romance de petite ville de Ginger Hudson sur Amazon

Cherrylily.com/Ginger-Amazon

*(N'oubliez pas de vous +S'abonner pour recevoir
les notifications de nouvelles parutions)*

www.ingramcontent.com/pod-product-compliance
Lightning Source LLC
Chambersburg PA
CBHW011409310726
48972CB00011B/2901